Anne Koch-Gosejacob

Die Schneider-Dynastie

Historischer Familienroman

Mode im Laufe der Zeit

Bibliografische Information der Deutschen Nationalbibliothek:
Die Deutsche Nationalbibliothek verzeichnet diese Publikation in der Deutschen Nationalbibliografie; detaillierte bibliografische Daten sind im Internet über http://dnb.dnb.de abrufbar.

Lektorat: S. van Remmerden

Korrektorat: Anne Koch-Gosejacob

E-Mail: a.koch-gosejacob@osnanet.de

Herstellung und Verlag: BoD – Books on Demand, Norderstedt

ISBN: 978-3-75684-399-2

Prolog

Die Schneiderei ist nicht nur etwas für bekannte Modeschöpfer, sondern auch für normale Männer und Frauen, die das Handwerk erlernen können. Nach einer Meisterprüfung dürfen sie Lehrlinge ausbilden und so den Fortbestand ihres Berufs sicherstellen. Heutzutage kauft man meistens Konfektionskleidung. Will man aber etwas Besonders, etwas Eigenes haben, braucht man dazu einen Schneider oder eine Schneiderin.

Als Hobbyschneiderin kann man vieles auch selbst nähen, mit einem Schnittmuster aus dem Stoffgeschäft oder man lädt es sich aus dem Internet herunter.

Der Schneider

Jedermann

im Dorfe kannte

einen der sich Fritze nannte.

Alltagsröcke, Sonntagsröcke,

lange Hosen, spitze Fräcke,

Westen mit bequemen Taschen,

warme Mäntel und Gamaschen.

Alle diese Kleidungssachen

wusste Schneider Fritz

zu machen.

Nach „Max und Moritz" von Wilhelm Busch

Die Großeltern, Hermann und Ernestine

Hermann Hanek war tatsächlich ein begabter Musiker geworden und hatte inzwischen eine Anstellung beim Aachener Symphonieorchester bekommen. Kurze Zeit später lernte er im Haus seines Freundes, bei dessen Geburtstagsfeier, eine junge Verwandte kennen, in der er sich sofort verliebte.

Ernestine, so hieß das Fräulein, hatte in den Jahren um 1872 den Beruf der Modistin erlernt. Zu dieser Zeit war es üblich, dass minderbemittelte Mädchen einen Beruf ergriffen, damit sie später ein eigenes Einkommen hatten.

Inzwischen war Ernestine in einem Geschäft in der Altstadt angestellt und arbeitete auf Wunsch der Kundinnen, Damen der gehobenen Gesellschaft, ausgefallene, hohe schmale Hüte mit Schleifen, Blumen und Federn, die zu langen Ausgeh-Kleidern mit kleiner Schleppe getragen wurden.

Die junge Frau mochte den gutaussehenden Musiker und als er nach einiger Zeit bei ihrer Mutter, der Vater war schon vor Jahren gestorben, um ihre Hand anhielt, stimmte diese der Heirat zu.

Die Hochzeitsfeier fand im nächsten Frühjahr, im Haus von Hermanns Eltern statt, da Ernestines Mutter vor vier Monaten durch Herzversagen zu Tode gekommen war. Seitdem hatte sich Ernestine immer sehr einsam in der kleinen Dreizimmerwohnung gefühlt und war froh, dass Hermann nun bei ihr einzog.

Bis kurz vor der Geburt ihres ersten Kindes

arbeitete sie weiter im renommierten Hutgeschäft, das meist von reichen, kauffreudigen Damen besucht wurde, da diese sich die teuren Kreationen leisten konnten.

Als Ernestines Tochter auf der Welt war, sie war mit Hilfe einer Hebamme zu Hause geboren, musste sie sich jetzt um die Kleine und natürlich auch weiter um den Haushalt und um den Ehemann kümmern, so dass für das Hutgeschäft keine Zeit mehr übrig blieb. Notgedrungen musste sie ihren Beruf aufgeben.

Im Laufe der Jahre bekam Ernestine noch drei Knaben. Aber trotz der vielen Arbeit als Hausfrau, Mutter und Ehefrau fehlte ihr die fantasievolle Herstellung der unterschiedlichen Hüte, die Arbeit, die sie immer so geliebt hatte.

„Kommst du heute pünktlich nach Hause?", erkundigte sich Ernestine nach dem Frühstück bei ihrem Ehemann, denn in der letzten Zeit hatte sie das Gefühl, er würde sich in der Weinstube am Markt lieber mit der jungen Kollegin amüsieren, einer Geigerin mit Namen Mimi, die vor kurzem als neues Mitglied im Aachener Orchester aufgenommen worden war.

Eigentlich neigte Ernestine nicht zur Eifersucht, aber man konnte ja nie wissen, was Männer in einem bestimmten Alter so anstellten, wenn sie von jungen, attraktiven Frauen angehimmelt wurden.

Hermann hatte auf die Frage seiner Frau einen Moment gezögert, doch dann antwortete er:

„Ich komme wie immer nach der Musik-Probe möglichst schnell nach Hause."

Da Ernestine nie wusste, wann diese zu Ende war, blieb ihr nichts anderes übrig, als zu warten. Das konnte sich über Stunden hinziehen, denn die neu inszenierte Aufführung der 9. Sinfonie von Ludwig van Beethoven, die aus vier Sätzen bestand, musste präzise gespielt werden, damit das Stück am Samstagabend bei den vielen geladenen Gästen aus der gehobenen Gesellschaft gut ankam.

Nach der Reichsgründung im Jahr 1871 nahmen Industrie und Wirtschaft einen rasanten Aufschwung. Diese lagen besonders im Raum Berlin, im Ruhrgebiet und im Aachener Becken. Die Arbeitsbedingungen in den Fabriken waren jedoch für die Menschen unvorstellbar hart, denn die durchschnittliche Wochenarbeitszeit lag oft bei 72 Stunden. Doch so nach und nach entwickelte sich Deutschland von einem überwiegenden Agrarstaat zu einem industriell und großstädtisch geprägten Land. Die Schattenseiten aber waren stickige Luft und verschmutzte Flüsse. Ein Bewusstsein dafür entwickelten die Menschen erst gut ein Jahrhundert später.

Dank des Ehrgeizes von Hermann Hanek, der immer die Proben geleitet hatte, war die Musik-Aufführung ein großer Erfolg geworden und so bot man ihm ein Jahr später den begehrten Posten des Hofkapellmeisters an, den er freudig entgegen nahm. Endlich bekam er mehr Geld und suchte für sich und seine Familie eine größere Wohnung mit einem Salon für kleine Empfänge und Musikvorführungen, die ihm schließlich ein paar Straßen weiter zu einem erschwinglichen Preis angeboten wurde.

Ernestine freute sich, dass sie nun ein Mädchen einstellen konnte, das ihr im Haushalt zur Hand gehen, bei Gesellschaften die Gäste bedienen und sich um die Kinder kümmern konnte. So hatte sie endlich wieder Zeit, um in einer Ecke des neuen Bügelzimmers modische Hüte für sich und für einige Frauen aus dem Freundeskreis herzustellen, denn sie liebte ihren Beruf noch immer. Diese kreative Arbeit hatte ihr im Laufe der Jahre sehr gefehlt.

Zu aufgesteckten Haaren, eine Art Dutt, trugen die modernen Frauen im Sommer 1880 einen kleinen runden Hut mit Blumen, der mit einem Band unter dem Kinn gebunden wurde.

Wenn eine Dame ihre langen Haare in Locken herunterhängend trug, bot sich ein aufwendiger Hut mit einer breiten Krempe, geschmückt mit etlichen Blüten und Federn an, der mit einer langen Hutnadel befestigt wurde.

Diese romantisch aussehenden Hüte passten wunderbar zu den farbigen, vorne geknöpften Kleidern mit enger Taille und den vielen Rüschen am Rocksaum, der fast auf den Boden berührte.

An Wochentagen zogen die Frauen aber meistens dunkle Kleider aus leichten Woll- Musselin- oder Seidenstoffen an.

Über dem Unterkleid trugen sie enge Korsetts um die begehrte „Stundenglas-Figur" zu erreichen, auch wenn damit Ohnmachtsanfälle vorprogrammiert waren und die Riechsalzindustrie deshalb höhere Umsätze verbuchen konnte.

Anständige Frauen trugen schwarze oft selbstgestrickte Wollstrümpfe, da weiße als unseriös galten.

Gutsituierte Frauen trugen zum Ausgehen weiße Strümpfe und zur Abendgarderobe gerne eine Stola oder einen Pelzmantel aus Chinchilla.

Nähmaschinen verschiedener Anbieter, die mit einer Tretkurbel, Art Fuß-Wippe, bedient wurden, erleichterten Anfang 1880 erheblich die Herstellung der Garderobe.

Deshalb war auch die nächste größere Geldausgabe, die Ernestine tätigte, eine eigene Nähmaschine von Singer, um damit kleine Änderungen an ihrer Garderobe oder an den Kleidern der Tochter vorzunehmen. Sie schaffte es sogar, selbst einfache Hauskleider für das Mädchen zu nähen.

Auch neue Hüte ließen sich mit der Maschine teilweise zusammennähen. Die Dekorationen musste sie aber weiterhin mit der Hand befestigen.

Ernestine liebte die großen, breiten Hüte mit einer aufwendigen Dekoration aus Blumen und Federn, die sie jetzt als Frau eines Hofkapellmeisters bei einem Empfang oder Spaziergang im Stadtpark, in Begleitung ihres Mannes, tragen konnte.

Die Kinder des Ehepaares freuten sich am meisten über die größere Wohnung. Der älteste von den

Jungen war der Meinung:

„Endlich haben wir ein Zimmer für uns alleine, brauchen keine Rücksicht mehr auf unsere große Schwester zu nehmen, die ja bislang immer etwas an uns auszusetzen hatte. Entweder waren wir zu laut, zu albern oder ihren Reden nach einfach unausstehlich. Auch müssen wir uns keine neuen Freunde suchen, da wir ja weiter in unserem Viertel wohnen und Schule und Schulweg sich für uns auch nicht ändern!"

In der Jesuitenstraße, direkt neben der großen Anna Kirche, lag die gleichnamige evangelische Volksschule zu der alle vier Kinder der Familie Hanek gingen.

Besonders der Geschichtslehrer hatte es ihnen angetan, da er den Unterricht immer mit Legenden und Sagen auflockerte.

Gerade hatte er ihnen die Stadtgeschichte von Aachen erklärt:

„Im 17. Jahrhundert hat eine gewaltige Feuersbrunst fast alle Häuser der Stadt zerstört. Wegen akutem Geldmangel dauerte der Wiederaufbau viele Jahre."

Zu diesem Thema hatte er neulich in der Stadtchronik eine passende Geschichte gefunden und wollte sie nun den Kindern vorlesen.

Er räusperte sich ein paar Mal, ließ seinen Blick über die Köpfe der ihn erwartungsvoll anschauenden Kinder schweifen und begann:

„Eines Tages meldete sich ein Bäckermeister zu Wort und sagte: Von meinem Großvater habe ich erfahren, dass früher ein Gebäck hergestellt wurde, dass der Stadt großen Reichtum brachte. Es war das

Lieblingsgebäck von Kaiser Karl dem Großen. Wenn wir das Rezept wiederfänden, könnte es uns aus der Geldnot helfen.

Als der Teufel eines Tages einem der Bäckerjungen erschien und sagte, er solle ihm den Schlüssel für die Schatzkammer im Rathaus verschaffen, erklärte sich der Junge damit einverstanden, wenn ihm der Teufel dafür das Plätzchen-Rezept besorgen würde.

Natürlich stimmte der sofort zu und macht sich auf dem Weg. Er suchte in den Kellern und auf den Dachböden der verbliebenen Häuser, fand tatsächlich das alte Rezept und gab es dem Bäckerjungen. Nun wollte er aber auch die Schlüssel für die Schatzkammer haben.

Der listige Bäckerjunge forderte ihn auf, erst die Plätzchen oder Printen wie man damals sagte, zu probieren, die er nach dem uralten Rezept gerade gebacken hatte.

Als der Teufel große Mengen des heißen Gebäcks gierig verschlungen hatte, bekam er fürchterliche Bauchschmerzen und schrie:

„Nicht mal der Teufel kann dieses ekelhafte Zeug vertragen!"

Fluchend kehrte er ohne seinen Lohn zurück in die Hölle.

Der Bäckerjunge hatte den Printen-Teig mit allerlei Gewürzen und Sirup aus Zuckerrüben angesetzt.

Die Printen wurden nun als Heilmittel gebackenen und in den Apotheken verkauft. Mit dem Gewinn konnte die Stadt Aachen wieder aufgebaut werden."

Ob sich dieses tatsächlich so zugetragen hatte, mussten die Schüler selbst entscheiden.

Die meisten Kinder, wie auch die beiden Jungen von

Hermann und Ernestine waren der Meinung, dass die Geschichte wohl stimmen würde.

Denn nach wie vor wurden die Printen besonders gerne zur Weihnachtszeit gegessen und in großen und kleinen Geschenkdosen überall in's ganze Land verschickt.

Ob Vater Hermann in der Weihnachtszeit auch zu viele Printen gegessen hatte oder ob die Bauchschmerzen von einem Darmverschluss oder sonstigem Übel herkamen, ließ sich nicht mehr feststellen. Der herbeigerufene Arzt wusste leider keinen Rat und auch kein Mittel, um die schrecklichen Schmerzen und das Fieber zu lindern.

Hermann Hanek verstarb am nächsten Morgen. Vor drei Monaten war er gerade erst fünfundvierzig Jahre alt geworden.

Bei der Beerdigung wunderte sich Ernestine, dass die junge Geigerin auch unter den Trauergästen war und später eine rote Rose ins offene Grab geworfen hatte.

,Sollte Hermann doch was mit ihr gehabt haben? Nein, die Toten musste man ruhen lassen. Bestimmt trauerte Mimi nur um ihren Chef und nicht um ihren Geliebten'.

Weil Hermann, als Oberhaupt der Familie, immer ein gutes Gehalt mit nach Hause gebracht hatte, nun aber nicht mehr da war, konnte sich Ernestine die große Wohnung nicht mehr leisten, denn bislang hatte die Familie keinerlei Rücklagen angesammelt. Immer wieder fragte sie sich:

„Wo sollen wir wohnen? Und wie soll ich meine

Kinder ernähren? Das bisschen, was ich mit den Hüten für Bekannte und Freunde verdiene, reicht nicht hinten und nicht vorne!"

Nach etlichen durchwachten Nächten kam sie zu dem traurigen Entschluss: Eduard, der älteste der Jungen, kann eine Lehre beim Metzger in der Nachbarschaft beginnen und auch beim Lehrherrn wohnen.

Die Tochter und die beiden jüngsten Söhne müssen in ein städtisches Kinderheim, anders geht es nun mal nicht. Ich muss mit den Möbeln, die vom Verkauf übrig bleiben, mir ein Zimmer nehmen und Arbeit suchen. Der Lohn könnte gerade für mich reichen.

Schweren Herzens brachte sie ihre Überlegungen am nächsten Tag den Kindern bei, die nur sehr widerstrebend zustimmten und sich umgehend bei Ernestines Schwiegermutter, Oma Clara, beschwerten, die inzwischen im Nachbarhaus wohnte. Heulend berichteten sie ihr:

„Mutter will uns in ein Kinderheim geben."

Clara ging sofort zur Schwiegertochter und stellte sie zur Rede:

„Wie kannst du nur so etwas machen? Man kann doch nicht die eigenen Kinder weggeben!"

„Es fällt mir schwer genug. Aber wovon sollen wir leben? Du weißt doch, dass dein Sohn nichts gespart hat. Ich kann in der Gaststätte am Markt ein Zimmer bekommen. Aber nur, wenn ich dafür in der Küche mithelfe: Kartoffeln schäle, Gemüse putze, den Abwasch mache und so weiter…

Der Verdienst ist sehr gering. Wenn ich wieder Arbeit als Modistin bekommen habe und besser verdiene, kann ich mir vielleicht eine kleine Wohnung leisten

und die Kinder zurückholen. Seit Schwiegervater tot ist, kommst du mit deiner kleinen Pension doch auch nur knapp über die Runden, weißt wie schwer das Leben als alleinstehende Frau ist."
Was sollte Clara dazu sagen, die Schwiegertochter hatte ja Recht.
Für die Kinder war das städtische Heim ein Schock, aber es blieb ihnen nichts anderes übrig. Sie bekamen genug zu essen, hatten ein Dach über dem Kopf und konnten weiter zur Schule gehen.
Am Sonntagnachmittag konnten sie sich mit ihrer Mutter und dem großen Bruder im nahe gelegenen Park treffen, was beim Abschied immer zu Tränen führte, sich aber leider nicht ändern ließ.
Irgendwann hatte Karl, Ernestines zweiter Sohn, einen Unfall. Er war auf der Straße von einem Pferdefuhrwerk angefahren worden und hatte sich an der Hüfte verletzt. Sein Bein verkürzte sich dadurch etwas, sodass er ein Leben lang darunter leiden musste, oft Schmerzen hatte.

Kurz darauf mussten Karl und Friedrich das Heim verlassen. Die Leiterin hatte für beide Jungen eine Pflegefamilie in Neuss gefunden.
Die kleine Stadt lag gegenüber von Düsseldorf, auf der linken Rheinseite. Zirka 90 km von ihrer Heimatstadt Aachen entfernt, sodass sie auch nicht mehr jeden Sonntag ihre Mutter sehen konnten, oft traurig waren.
Durch die liebevolle Betreuung der neuen Familie, die sich immer Kinder gewünscht hatten, fühlten sich die Jungen so nach und nach einigermaßen zu Hause. Sie besuchten die evangelische Schule am Markt,

lernten fleißig und bekamen gute Zeugnisse.
1904 wurde Karl in der spätgotischen Klosterkirche Marienberg konfirmiert und ein Jahr später Friedrich. Als Erinnerung bekam jeder Knabe von den Pflegeeltern eine Bibel mit persönlicher Widmung geschenkt.

Karl, der ja eineinhalb Jahre älter war als Friedrich, hatte inzwischen durch Beziehungen seiner Mutter, die zweimal im Jahr die Jungen an einem Besuchertag sehen durfte, eine Schneiderlehre in Aachen begonnen. Durch Karls Fürsprache konnte sein Bruder Friedrich im Oktober 1906 dort auch eine Lehre beginnen.
„Fein, dass wir wieder zusammen sind, beide bei unserem Meister wohnen können."
Karl war glücklich und freute sich über die Anstellung des jüngeren Bruders.
Zu der Zeit war es immer noch üblich, dass die Lehrjungen im Haus des Meisters wohnten, der ihnen immer wieder einbläute:
„Lehrjahre sind keine Herrenjahre!"

Das handwerkliche Geschick hatte Friedrich wohl von seiner Mutter geerbt, denn er begriff sehr schnell und konnte gut mit Nadel und Faden umgehen.
Der Meister mochte seinen talentierten Lehrling und im dritten Lehrjahr ließ er ihn schon selbstständig Anzughosen oder Jacken zur Anprobe eines Kunden anfertigen.
Bruder Karl war nicht ganz so geschickt, hatte aber die Lehre beendet und inzwischen eine neue Anstellung in einer anderen Stadt gefunden. Er war

traurig, dass sich ihre Wege wieder mal getrennt hatten.

Im Oktober 1909 musste Friedrich bei der Handwerkskammer in Aachen seine Gesellenprüfung ablegen und bestand die theoretische und die praktische Prüfung mit der Note „Sehr gut".
Voller Stolz zeigte er den Gesellenbrief seinem Meister, der ihn für ein weiteres Jahr beschäftigte.
So konnte Friedrich ab und zu sonntags seine Mutter besuchen, die inzwischen mit seiner Schwester in einer kleinen Wohnung, in der Nähe der Altstadt lebte.
Ernestine hatte endlich wieder eine Anstellung als Modistin in einem Hutgeschäft gefunden und die Tochter arbeitete inzwischen als Hausmädchen bei einem Lehrerehepaar. So reichte das Geld für neue angemessene Kleidung, für den Lebensunterhalt und für die Miete.

Als für Friedrich das zusätzliche Arbeitsjahr vorüber war, er seinen netten Lehrherrn verlassen musste, fuhr er mit der Eisenbahn zu seinen Pflegeeltern nach Neuss, die er während der Lehrzeit nur ein paar Mal im Jahr besuchen konnte.
In Köln unterbrach er die Fahrt und ließ sich in einem Atelier mit seinem Gesellenstück, einem einreihigen dunkelblauen Anzug mit modischen breiten Revers und einer Weste fotografieren.
Seine Pflegeeltern freuten sich, als der junge Mann abends bei ihnen ankam, wieder bei ihnen wohnte.
Eine Woche später wurde mit der Post für Friedrich ein Päckchen vom Kölner Fotoatelier zugestellt.

Erfreut bedankten sich die Pflegeeltern bei dem jungen Mann, als sie von ihm das schöngerahmte Foto bekamen.

Zu der Zeit herrschte in Europa ein Klima verhaltener Spannung und trügerischen Friedens. Konflikte wurden nicht mit Waffen ausgetragen, stattdessen gab es lautstarke nationalistische Reden. Im Schloss zu Königsberg hielt Kaiser Wilhelm II. eine programmatische Rede und empfahl den Männern die Pflege kriegerischer Tugenden und den Frauen stille Arbeit im Hause und in der Familie.

Friedrich hatte einen Teil der abgedruckten Rede des Kaisers in der Zeitung gelesen und beschloss zur Wehrmacht zu gehen, denn bisher hatte er noch keine neue Anstellung als Schneider gefunden.

Im Oktober 1910 begann er seinen Dienst als Ersatz-Rekrut in der Kompanie beim Königlichen-Preu-ßischen-Infanterie-Regiment von Lützow, mit der Nummer 25.

Zwei Jahre später war Friedrichs Ausbildung beendet und er wurde zur Reserve beurlaubt. Seinen Wehr-Sack mit Waffenrock, Hose, Unterwäsche, Mütze, Halsbinde, Hemden, Schuhe sowie ein Paar Stiefel musste er mitnehmen und fuhr damit zu seinen Pflegeeltern, wo ihm immer noch sein altes Zimmer zur Verfügung stand.

Am 21. Oktober 1912 bekam er den Befehl, sich wieder in der Kaserne zu melden.

Dort wurde ihm mitgeteilt, sich umgehend in der Schneiderwerkstatt zu melden, wo er bis Anfang des folgenden Jahres arbeitete.

Im März versetzte man ihn nach Brühl, wo er in der Näherei neue Kragen an alte Uniformjacken nähen musste.

Ein halbes Jahr später wurde ihm mitgeteilt:

„Sie haben immer sehr gute Arbeit geleistet, deshalb werden Sie nach München versetzt. In der dortigen Kaserne braucht man dringend einen kompetenten, neuen Leiter für die Schneiderstube."

Friedrich schrieb einen Brief an seine Pflegeeltern nach Neuss und einen Brief an seine Mutter in Aachen, in denen er ihnen mitteilte, dass er ab sofort nach Bayern versetzt würde.

Einerseits hätte er sich sehr über die Anerkennung seiner Arbeit gefreut, andererseits würde er aber lieber in Preußen bleiben.

*

Die Eltern, Friedrich und Viktoria

München war so ganz anders als Brühl, einfach eine quirlige Großstadt, in der man sich verlaufen konnte. Auch musste man stets aufpassen, damit man auf der Straße nicht von einem eiligen Kutscher oder von einem der neumodischen Automobile angefahren wurde. Selbst die relativ langsam fahrende Straßenbahn konnte einem gefährlich werden, wenn man zum Beispiel mit dem Fuß in die Schienen kam, feststeckte und sich nicht schnell genug befreien konnte. Neulich hatte Friedrich mitbekommen wie so etwas einer älteren Frau passierte. Der Straßenbahnführer konnte nicht mehr früh genug bremsen und der Wagen rollte über sie hinweg. Die Feuerwehr musste anrücken, um sie zu befreien. Als man die Frau unter dem Wagen hervorzog, war sie bereits tot.

Viele neugierige Menschen hatten sich um den Unfallort versammelt, drängten sich wissbegierig nach vorne und erschwerten die Arbeit der Helfer. Mehrere Personen, die eilig auf das Feuerwehrauto gestiegen waren um besser sehen zu können, konnten nur durch die Polizei mit der Peitsche vertrieben werden.

Bei dem Gedanken an diese Menschen musste sich Friedrich schütteln und verglich sie mit hungrigen Raubtieren, die ihr Opfer belauerten.

Schwierig war für Friedrich auch die Sprache. Um den bayrischen Dialekt zu verstehen, musste er stets gut aufpassen. Besonders, weil seine neuen Kammeraden reichlich schnell und undeutlich sprachen.

Seinen Pflegeeltern hatte er in einem Brief als Beispiel einen Satz aufgeschrieben:
„Wer mit'm linken Fuaß zerscht aus'm Bette außidteigt, …"
Nur mit viel Mühe konnten sie es entziffern, geschweige denn aussprechen und bedauerten ihren Pflegesohn.
‚Eine schreckliche Sprache. Warum können die Menschen hier in München nicht Hochdeutsch reden?', überlegte Friedrich.
Es kam auch vor, dass die Mitarbeiter in der Schneiderstube seine Anweisungen nicht verstanden und nachfragen mussten, dann war es wiederum Friedrich, der ihre Fragen nicht verstand, sodass es ein allgemeines Gelächter gab.
Sonntags hatte Friedrich immer frei und wenn das Wetter schön war, erkundete er die Stadt, aß mittags im Hofbräuhaus eine Weißwurst und probierte das bayrische Bier, das ihm besser schmeckte, als die komische helle Wurst, die man aus der Pelle lutschen sollte.
Auch musste man sich dauernd gründlich die Hände waschen, um die Verbreitung der zunehmenden Typhuserkrankungen zum Stillstand zu bringen.
Die Ursache der schlimmen Erkrankung war eine mit Typhuskeimen infizierte Milch, die in den Handel gekommen und ohne abkochen getrunken worden war.

Im Herbst 1913 lernte Friedrich im Englischen Garten, in einem der Cafés, eine nette junge Frau kennen, die auch das Schneiderhandwerk erlernt hatte, wie sie ihm bereitwillig erzählte. Sie hieß Viktoria Bainger und wusste genau, was sie wollte. Da ihr der junge Mann gefiel, schlug sie ihm vor: „Wenn Sie damit einverstanden sind, können wir uns ja immer am Sonntagnachmittag hier im Café treffen."

Weil Friedrich selber eher schüchtern und zurückhaltend war, stimmte er ohne Wiederrede zu. Gemeinsam gingen sie Sonntagnachmittags im herbstlich angehauchten Englischen Garten spazieren oder flanierten durch die quirlige Innenstadt, wo Viktoria ihm die Sehenswürdigkeiten Münchens zeigte.

Am Platzl in der Altstadt, am Wiener Café, las Viktoria ihm vor, was auf einem Schild neben dem Eingang stand.

„Hier steht ein edles Bürgerhaus, das nach dem Hofkapellmeister Orlando di Lasso benannt wurde."

„Wir können ja hineingehen und etwas trinken. Vielleicht möchtest du auch ein Stück Kuchen essen?", schlug Friedrich vor.

Weil Dora Kuchen liebte, sagte sie auch nicht nein zu der Einladung. Beim Essen erzählte ihr Friedrich von seiner Heimatstadt, von Aachen.

„Mein Vater war dort auch etliche Jahre als Hofkapellmeister angestellt. Leider ist er viel zu früh gestorben!"

„Genau wie mein Vater, aber leider kann man sich sein Lebensende nicht aussuchen. Der Tod kommt, wann er es für richtig hält."

Nach dem Cafébesuch zeigte Viktoria ihm auf dem Marienplatz das Rathaus, das im neugotischen Stil erbaut wurde und ein schönes Glockenspiel besaß.

„Wenn du magst, können wir den Turm besteigen und uns die Stadt von oben ansehen?", schlug Friedrich vor.

„Ich glaube, heute ist es schon zu spät dafür, aber vielleicht am nächsten Sonntag."

Nach Schwabing trauten sie sich aber nicht. Sie hatten gehört, dass dort meistens Literaten, Maler und halbseidene Personen verkehrten. Es hieß, dass in einer der Kneipen Joachim Ringelnatz oft einkehrte und dort als „Hausdichter" seine Verse schrieb.

Das, was viele größere Städte mit München gemeinsam hatten, waren die Fußballvereine. Zusammen mit seinem ältesten Bruder hatte sich Friedrich schon mal ein Spiel von Alemannia Aachen angesehen. Später in Neuss war er auch mit Karl zu einem Spiel von Borussia Dortmund gefahren.

Hier in München gab es den FC Bayern, der auch relativ stark war. Ein Kamerad von Friedrich hatte Beziehungen und besorgte schon mal günstig Eintrittskarten für ein Spiel.

Viktoria hatte für Sport, besonders für Fußball nichts übrig. Sie ging lieber spazieren, ins Café oder mit Friedrich ins Hofbräuhaus um ein Maß Bier zu trinken.

Für Friedrich war es stets ein ungewohntes Bild. In Aachen oder Neuss kämen die Frauen nie auf die Idee alleine in eine Gaststätte zu gehen um ein Bier zu trinken, aber für die Frauen in München war es ganz normal wie er immer wieder feststellen konnte.

Nach etlichen Verabredungen mit Viktoria hatte er sich in sie verliebt und nannte sie zärtlich Dora.

Insgeheim dachte er: ‚Hoffentlich wird sie mal meine Frau werden'.

Leise stimmte er ein Liebeslied an, das sein Vater ihm als kleines Kind oftmals vorgesungen hatte, wenn er als Hofkapellmeister beschwingt von der Probe nach Hause gekommen war.

„Der Himmel
hängt voller Träume
Träume sind wie Sterne
Sie kommen immer wieder
und manchmal werden sie wahr"

Viktoria Bainger wohnte an der Tumlingerstraße, in der Vorstadt von München. In dem großen, mehrstöckigen Haus hatte sie in der zweiten Etage ihr erstes, eigenes Heim: zweieinhalb Zimmer mit kleiner Küche. Die Toilette befand sich im Treppenhaus und wurde auch von der Familie genutzt, die gegenüber auf der Etage wohnte.

Während der ersten zwei Jahre als Putzmacherlehrling und den anschließenden drei Jahren als Schneiderlehrling hatte sie, wie allgemein üblich, bei ihren Lehrherrinnen gewohnt und die Gesellen-Prüfungen jeweils mit „Gut" bestanden.

Als Erinnerung daran hatte sie sich mit ihrem Gesellenstück, ein Kostüm mit weitem Rock und einer Jacke mit Schößchen und Stulpenärmeln sowie dem großen Hut mit den Reiherfedern, fotografieren lassen.

Nach weiteren zwei Jahren bei der Schneidermeisterin hatte Viktoria genug Geld von ihrem Lohn gespart, sodass sie 1912 kündigen und sich in der eigenen Wohnung eine Art Atelier einrichten, dort selbständig arbeiteten konnte. Was für die damalige Zeit für Frauen schon eine Herausforderung war.

Von ihrer Meisterin bekam sie günstig eine gebrauchte Nähmaschine und zur Eröffnung verteilte sie Reklamezettel und Visitenkarten, die sie in der Innenstadt hatte drucken lassen.

Während Modezeitschriften die unterschiedlichen neuen Kreationen anpriesen, war das Tragen des Korsetts auf dem Rückzug, was Viktoria als besonders angenehm empfand.

In der „Münchener Zeitung", die ihr die Vermieterin nachmittags vor die Tür legte und die sich vorwiegend durch Anzeigen finanzierte und sich an ein bürgerliches Massenpublikum wandte, las Viktoria, dass Gabrielle Chanel mit der Eröffnung einer Mode-Boutique in Deauville, im Jahr 1913, ein eigenes Geschäft errichtet hatte. Es war nur eine Frage der Zeit, bis der Firmenname Coco Chanel in aller Munde war und die Kleidung von den Damen getragen wurde.

Es gab Kostüme aus Wollstoffen, Leinen und Seide, an deren Jacken rundherum eine Borte angenäht war.

Die Röcke waren inzwischen schmal und nur noch knöchellang geschnitten. Blusen bestanden aus Voile- oder Batist-Stoffen, hatten lange Ärmel und feine Spitzeneinsätze oder Stehkragen.

Weil immer mehr Menschen öffentliche Verkehrsmittel benutzten, ein- und aussteigen mussten, wäre eine allzu üppige Kleidung wie vorher üblich auch nur hinderlich gewesen.

Über hinderliche Kleidung brauchte sich die kleine Meerjungfrau, die als Bronzefigur im August 1913 als Wahrzeichen in Kopenhagen aufgestellt wurde nicht beklagen, denn sie war unbekleidet, aber darüber regte sich niemand auf.

Ältere Herren regten sich aber über modebewusste Frauen auf, denn es gab inzwischen Röcke, die zweigeteilt waren, sodass daraus eine weite Hose entstand, die sich auch besser zum Fahrrad fahren eignete, als die langen weiten Rüschenkleider. Diese Hosen fanden besonders die Zustimmung aller emanzipierten Frauen.

Der Vatikan jedoch war entrüstet, lehnte diese Mode strikt ab. Sie konnte nicht von Gott gewollt sein. Aber schließlich handelte es sich um Mode und nicht um eine Glaubensfrage.

Ein Papst war ja nicht vom Fach. Seit Jahrhunderten war keiner von ihnen der Mode unterworfen gewesen. Sie trugen stets eine weiße Soutane, ein bodenlanges Gewand mit einen breiten, weißen Gürtel aus Stoff. In der Regel hatte es 33 Knöpfe, zur Erinnerung an die 33 Lebensjahre Jesu. Die Schuhe waren aus rotem Leder oder roter Seide gearbeitet.

Die Herrenmode richtete sich nach dem englischen Vorbild, war korrekt und zu jeder Gelegenheit passend. Anzug, Jackett, Gehrock, Frack, Smoking, Hemd und Hut gehörten zur Grundausstattung eines Mannes, so stand es jedenfalls in der in Berlin erscheinenden Zeitschrift „The Gentleman".

Die Frauen trugen auch Hüte, aber nicht nur zu Mäntel und Jacken sondern auch zu Straßen- Tages- und Ausgehkleidern, wobei diese Hüte meistens sehr groß und mit einigen Schleifen, Straußen-, Reiher- oder Fasanenfedern verziert waren.

Dora, wie sie üblicherweise genannt wurde, war eine gute und ideenreiche Damenschneiderin.
Schon nach kurzer Zeit hatte sie sich einen festen Kundenstamm aufgebaut.
Manche Frauen kamen für eine Kleideranprobe zu ihr in die Wohnung, aber bei einer Frau Doktor fuhr sie mit der Straßenbahn zum Haus der Dame und probierte dort die neue Garderobe an.
Wenn die Frau Doktor mit der Arbeit zufrieden war, vermittelte sie Dora an gutsituierte Freundinnen oder Bekannte, sodass sie sich traute, bei diesen Frauen für ihre Arbeit auch mehr Geld zu verlangen, als bei einfachen Leuten.
Es bereitete ihr stets Freude schöne Kleider zu entwerfen, aufzuzeichnen um sie dann mit viel Sorgfalt aus den mitgebrachten Stoffen der Kundinnen zuzuschneiden und zu nähen, sodass die Damen stets nach der neuesten Mode, aber nie einheitlich gekleidet waren.
Mit Friedrich, der sie meistens sonntags zu einem Spaziergang mit anschließendem Besuch eines Cafés einlud, verstand sie sich sehr gut, hatten sie doch den gleichen Beruf und konnten so stundenlang fachsimpeln.

Sie schätzte ihn, weil er so anders war als die vorlauten, trinkfesten und immer zum Raufen aufgelegten Bauernburschen, die sie von zu Hause kannte. Das sanfte, feinfühlige Wesen ihres preußischen Freundes tat ihr gut.

Über Weihnachten hatte Friedrich Urlaub bekommen und fuhr zu seiner Pflegefamilie nach Neuss. Auch wollte er einen Tag bei Mutter und Schwester in Aachen verbringen. Er freute sich schon auf ihre Gesichter, wenn er ihnen die kleinen, mitgebrachten Geschenke überreichte, die sie dann auspacken mussten.

Dora verbrachte die Feiertage auch bei ihrer Familie, die in der Umgebung von München wohnte. Am Neujahrstag fuhr sie zurück und freute sich, wieder in ihrer eigenen Wohnung zu sein, sich vom reichlichen Essen und den oft neugierigen, streitbaren Gesprächen mit ihren Verwandten zu erholen.

Doch der Schnee, der seit Silvesterabend täglich in dicken Flocken vom Himmel rieselte, hatte nicht nur den vielen Arbeitslosen eine zeitlich begrenzte Anstellung bei der Straßenreinigung der Stadt gebracht, auch Dora musste laut ihrer Hauswirtin jeden Tag mithelfen, den neugefallenen Schnee vor der Haustür und auf dem Bürgersteig zu beseitigen.

Den vielen Schnee fand Dora nur schön, wenn sie mit flauschigen, selbstgestrickten Wollsocken am Küchenfenster stand und hinunter in den großen Garten schaute. Der sah jetzt aus, als hätte er sich mit einem dicken weißen Laken zugedeckt. Nur die Spitzen der hohen Gräser, Sträucher und kahlen Äste der Bäume lugten etwas daraus hervor. Manchmal sah man auch Spuren von Nachbars Katze im Schnee, die wohl auf hungrige Vögel gelauert hatte.

Als Friedrich im März 1914 von der Wehrmacht zurück nach Köln beordert wurde, war Dora traurig und sagte zum Abschied:

„Ich werde dir schreiben, dir alles erzählen, was so um mich herum passiert."

Bevor Friedrich in den Zug stieg, nahm er seine Dora in den Arm und traute sich sogar, ihr in der Öffentlichkeit einen Kuss auf die Wange zu geben.

Sechs Tage später wurde er aus dem Infanterie-Regiment entlassen und zur Marine nach Wilhelmshaven versetzt, um als Schneider beim Kaiserlichen-Marine-Bekleidungsamt seinen Dienst zu leisten.

Durch Zufall traf Friedrich dort seinen Bruder Karl wieder. Beide freuten sich riesig über das Wiedersehen und Karl beschloss:

„Wir nehmen zusammen ein Zimmer zur Untermiete bei den Reuters. Die haben seit einiger Zeit ein Schild für Vermietung im Vorgarten stehen. Auf diese Weise kann jeder von uns einen Teil seines Lohns sparen."

Friedrich war damit sofort einverstanden, weil Dora immer noch als zukünftige Frau in seinem Kopf herum spukte, er deshalb Geld für einen eventuellen Hausstand sparen musste. Und damit Dora ihn in München nicht vergaß, schickte er ihr einmal im Monat eine Ansichtskarte mit lieben Grüßen von der Nordsee.

Die Berichte, die im Juli 1914 in allen Zeitungen standen, lauteten: Nach dem Attentat in Sarajewo erklären Österreich und Ungarn den Krieg gegen Serbien. Weil Russland Serbien unterstützt, sieht sich der deutsche Kaiser gezwungen Österreich beizustehen. Kaiser Wilhelm verlangte vom Generalsstab: „Pardon wird es nicht geben. Gefangene werden nicht gemacht!"

Damit die kriegsbegeisterten Oberprimaner vorzeitig ins Heer eintreten konnten, wurde in den Schulen ein Notabitur eingeführt.

Zu dem Zeitpunkt war jeder deutsche Mann vom Sieg überzeugt und erklärte allen, die es hören wollten:

„Wir gewinnen den Krieg!"

Und bei der Wehrmacht wurde lauthals gesungen:

„Jeder Tritt ein Britt, jeder Stoß ein Franzos, jeder Schuss ein Russ, Serbien muss sterbien."

Es war der erste Krieg mit massivem Materialeinsatz: Panzer, Flugzeuge, Luftschiffe und Giftgas wurden eingesetzt. Er übertraf alles an Grauen, was bis dahin bekannt war.

Um den Krieg zu gewinnen verhielten sich manche deutsche Soldaten oft genauso barbarisch wie viele Soldaten aus den anderen Ländern.

Dora war nicht vom Krieg begeistert, hatte sie doch gehofft, dass Friedrich im Herbst für eine Woche zu ihr nach München käme, doch stattdessen hatte er jetzt Ausgangssperre. Nun blieb ihr nichts anderes übrig, als weiter Briefe und Karten zu schreiben.

Sie ließ sich fotografieren und im nächsten Brief an Friedrich legte sie das Foto mit hinein, damit er es immer bei sich hatte.

Friedrich revanchierte sich und schickte Dora ein Foto auf dem er mit seiner neuen Marineuniform abgelichtet war, die er natürlich selbst genäht hatte.

An Allerheiligen unternahm Dora zusammen mit Anna, der Frau des Spirituosenhändlers Georg Rauscher, mit der sie sich seit geraumer Zeit angefreundet hatte, bei dem schönen, milden Herbstwetter einen Spaziergang zum alten Südfriedhof. Anna wollte am Grab ihrer Schwester eine Kerze anzünden.

Die wärmenden Sonnenstrahlen und die bunten Blätter, die unter den Füßen der beiden Frauen raschelten oder im leichten Wind hin und her tanzten, ließen sie für kurze Zeit den Krieg vergessen.

Kurz vor Weihnachten bekam Friedrich dann doch ein paar Tage Urlaub und fuhr mit dem Zug nach München. Endlich sahen sie sich wieder.

Weil Dora noch ein aufwendiges Musselin-Kleid bis Heilig Abend fertig nähen musste, half Friedrich ihr bei den Säumen, sodass Dora das Kleid pünktlich bei der Kundin abliefern konnte und die Rechnung sofort bezahlt bekam.

Jetzt hatte sie genügend Geld um für ihren Liebsten im Kaufhaus Mayer eine dicke kuschelige Wolldecke als Weihnachtsgeschenk zu kaufen. Damit konnte er sich im Winter, wenn er bei Dora in der Küche auf dem Sofa übernachtete, zusätzlich zum relativ dünnen Federbett zudecken, denn über Nacht wurde das Feuer im Ofen nur leicht am Glimmen gehalten.

Am zweiten Weihnachtstag fuhr Friedrich wieder

zurück nach Wilhelmshaven. Traurig brachte Dora ihn zum Bahnhof, begleitete ihn bis an den Zug.
Beim Abschied fragte Friedrich seine Dora:
„Willst du mich heiraten?"
„Ja, das will ich! Und wenn du nichts dagegen hast, feiern wir Ostern Verlobung!"
Freudestrahlend umarmte Dora ihren Zukünftigen und gab ihm einen Kuss.
Die nächsten drei Monate kamen ihr unheimlich lange vor, obschon sie genug Aufträge für neue Kleidung hatte, oft bis spät in die Nacht arbeiten musste.
Für Männer, die nicht am Krieg teilnehmen mussten, wurden in den Zeitungen „solide Frühjahrs-Anzüge" günstig angepriesen, die aus Resten und alter Kleidung in den Fabriken hergestellt wurde. Not machte eben erfinderisch!

Von Friedrich bekam Dora immer engbeschriebene, bunte Postkarten, auf denen Schiffe, der Hafen der Stadt oder der Genius-Strand im Stadtteil Voslapp zu sehen waren.
Dora schrieb lieber Briefe, erzählte ihm wie ihr Leben ohne ihn verlief und dass sie Sehnsucht nach ihm hätte.
Kurz vor Ostern hatte sie Verlobungskarten drucken lassen und an ihre Familie, an Freunde und Bekannte sowie einige Karten zu Friedrich nach Wilhelmshafen geschickt, die er verteilen konnte.

Ihre Verlobung geben bekannt:
Viktoria Bainger und Friedrich Hanek
München - Ostern 1915 - Wilhelmshafen

Friedrich hatte seinen Bruder Karl eingeladen um zusammen mit ihm nach München zu fahren.
Karl war neugierig wie die junge Frau wohl aussah, von der sein Bruder immer schwärmte.
Dora hatte das Ehepaar Rauscher, ihre Hauswirtin so wie ihre jüngere Schwester zur Feier eingeladen. Ihre Mutter war zu alt um daran teilzunehmen.
Zusammen mit ihrer Schwester hatte Dora Kuchen gebacken und den Kaffeetisch in der Küche mit einer weißen Tischdecke aus Damast und mit einem Strauß Frühlingsblumen geschmückt, so dass es recht festlich aussah.
Nach dem Kaffee steckte Friedrich seiner Dora ganz offiziell den Verlobungsring an den Finger.
Begossen wurde das Eheversprechen mit einem selbstgemachten Kirschlikör, den die Vermieterin ihnen geschenkt hatte.
Abends luden Dora und Friedrich ihre Gäste zu einem Umtrunk mit Leberkäs und Krautsalat ins Hofbräuhaus ein.

Für die Verlobungsfeier hatte sich Dora einen weißen Rock mit kurzer Schleppe und eine Bluse genäht. Der viereckige Ausschnitt und die Ärmelbündchen waren mit einer dunkelblauen Blende eingefasst.
Als Gürtel trug sie ein dunkelblaues Schleifenband, dass vorne, an der linken Seite, gebunden wurde und farblich zum Anzug ihres Verlobten passte.

Friedrich trug seine neue Marine-Ausgehuniform, die zweireihig genäht und mit Goldknöpfen versehen war.

Zur Erinnerung an ihre Verlobung ließen sie sich am folgenden Tag in einem Atelier in der Innenstadt fotografieren.

Eine Woche später konnte Dora die Bilder abholen und eines per Brief an Friedrich schicken, der inzwischen wieder in Wilhelmshaven weilte.

Kurz darauf bekam Dora eine Karte mit einem Seemannsmotiv, wo hinten drauf stand: „Meine Liebe! Habe deinen liebevollen Brief mit dem Verlobungsfoto erhalten. Mir geht es bestens. Ich sende Dir die herzlichsten Grüße und Küsse. Dein Fritz! Ps. Grüße auch an Deine Vermieterin."

Die Trennung schmerzte, aber es ging nicht anders. Krieg war eben Krieg und am meisten litten die einfachen Leute darunter.

So wurde auch Schwarz zur bevorzugten Modefarbe, aber nicht, weil es schick war, sondern weil die Zahl der gefallenen Väter, Söhne und Ehemänner immer mehr zunahm.

Die Rekrutierung der Münchner Reservisten, die von ihren Zivilberufen weg zum Militär befohlen wurden, entzogen aus vielen Geschäften und Gewerbebetrieben einen Großteil des Personals.

Weil die Männer als Kanonenfutter auf dem Schlachtfeld kämpften, arbeiteten immer mehr Frauen in der Rüstungsindustrie. Für diese Arbeiten brauchten sie praktische Kleidung. Es war eine Art Hemdhose, ähnlich dem heutigen Overall.

Um kein Geld auszugeben, trugen manche Frauen auch die Hosen ihrer im Krieg befindlichen Männer.

Mode waren jetzt gerade geschnittene Kleider, die dezente, runde oder eckige Ausschnitte hatten und deren Länge nur noch bis zur Wade reichte. Die Hüte wurden kleiner und einfacher. Niemand protzte mit der Mode. Die Zeiten ließen das nicht zu. In Berlin präsentierten deutsche Modemacher um 1915-16 die Kriegskrinoline. Dieser glockenförmige Rock wurde über mehreren Unterröcken getragen um den äußeren Rock zu stützten und um ihn eine auffallende Weite zu geben.

Er bot viel Bewegungsfreiheit, erinnerte an die Biedermeierzeit, aber man trug keinen Reifrock.

Auch war er nicht mehr knöchellang sondern zirka zehn Zentimeter kürzer.

Außerdem entsprach er einer gewissen Romantik, die die Frauen gerade während des Krieges schmerzlich vermissten.

Um kein Bein zu zeigen, trugen die Frauen zur neuen, kürzeren Mode geschnürte Stiefeletten.

Friedrich war inzwischen im Marinebekleidungsamt zum Leiter des Betriebes aufgestiegen, bekam mehr Lohn und konnte so zusätzliche Geld sparen.

Im Herbst schrieb er an Dora und fragte sie:

„Könnten wir nicht kurz vor Weihnachten oder zum Ende des Jahres heiraten? Vielleicht bekomme ich als dein Ehemann dann öfter Urlaub, denn ich vermisse dich jeden Tag mehr."

Dora war schon immer sehr kreativ, liebte ausgefallene Sachen und so war es ihr Wunsch am Heiligen Abend zu heiraten.

Fritz, wie Dora ihn jetzt immer liebevoll nannte, war sofort damit einverstanden. Er besorgte die dafür nötigen Papiere, schickte sie nach München, damit Dora sie zusammen mit ihren eigenen Unterlagen beim Standesamt abgeben konnte.

Ende November hatte die eisige Kälte weiter zugenommen, so dass die Fenster teilweise fantasievolle Eisblumen aufwiesen.

Dora zog ihren dicken warmen Wintermantel und die gefütterten Stiefel an um in der Innenstadt, im Kaufhaus Mayers, Stoffe und Zutaten für ihr Brautkleid zu kaufen.

Neben der Eingangstür des Kaufhauses zeigte das Thermometer zwölf Grad minus. Gut, dass sie sich im Herbst dicke Socken und Wollhandschuhe gestrickt hatte, nicht frieren musste. Zum Wärmen ihrer Hände trug sie zusätzlich einen „Muff". Eine dicke Rolle, die sie aus Pelzresten genäht hatte und in der man die Hände hineinstecken konnte. An beiden Seiten der Rolle war eine längere Kordel befestigt, sodass sie den Muff um den Hals hängen konnte, was sehr elegant aussah.

Den ganzen Dezember über nähte Dora nach Feierabend an ihrem Brautkleid. Sie hatte sich einen schweren weißen Satinstoff und zarte Spitze für den Stehbord-Einsatz gekauft.

Das fertige Kleid besaß lange Ärmel und der weitfallende Rock hatte eine kleine Schleppe. Dazu hatte sie sich einen langen Tüllschleier mit Myrtenkranz und kurze weiße Spitzenhandschuhe gekauft.

Ihre Hauswirtin, die alles begutachten musste, war begeistert und bewunderte Dora, die den Schnitt für ihr Kleid selbst entworfen hatte.

Als Friedrich in der Standortverwaltung bekannt gab, dass er heiraten wolle, bekam er über Weihnachten drei Wochen Urlaub.

Sofort schickte er eine Karte an seine Verlobte und teilte ihr mit, dass sie beim Standesamt das Aufgebot bestellen könnte.

Als Trauzeugen hatte Dora ihre Vermieterin, Antonia Herle und den Spirituosenhändler, Georg Rauscher, angegeben, die beide in ihrer Straße wohnten und gerne zugesagt hatten.

Im Laden der Rauschers kaufte Dora immer ihren heißgeliebten Obstler, einen Birnenschnaps.

Zwei Tage vor Weihnachten kam Friedrich mit seinem Bruder Karl und dessen Freundin, Frieda, mit dem Zug nach München. Die beiden hatten sich ganz in der Nähe in einem Gasthof einquartiert, in dem auch Doras Schwester und Friedrich untergebracht waren. Hinten, im kleinen Gastraum, sollte die Feier stattfinden.

Am Morgen vor der Trauung hatte Fritz im nahe gelegenen Blumenladen den bestellten Brautstrauß für seine Dora abgeholt.

Er bestand aus weißen Flieder, weißen Rosen und ein paar Maiglöckchen. Ausgefallen, aber wunderschön! Genau das Richtige für eine Winterbraut an Heilig Abend 1915.

Friedrich selbst trug unter dem dicken blauen Wintermantel seine Marine-Uniform und stapfte nun eilig durch den frisch gefallenen Schnee zu Doras Wohnung.

Kurz vor Mittag fuhr das Brautpaar mit einer gemieteten Kutsche zum Standesamt, wo die Gäste und die Trauzeugen schon auf das Brautpaar warteten. Nach dem beide das Ehegelübde vor dem Beamten abgelegt hatten, durfte Friedrich seine Angetraute küssen, was die Trauzeugen als passendes Weihnachtsgeschenk titulierten.

Als die Zeremonie beendet, die Unterschriften geleistet waren und alle dem Brautpaar gratuliert hatten, gingen sie gemeinsam zum Gasthaus.

Dort wurde das Hochzeitsessen mit Rindfleisch-suppe, Braten, Kartoffeln, Rotkohl und Vanille-Pudding serviert.

Während sich die Hochzeitsgesellschaft noch bei Bier und süßem Likör unterhielt, gingen Anna Rauscher und Antonia Herle zu Doras Wohnung, um in der Küche die Kaffeetafel einzudecken.

In die Mitte des Tisches platzierten sie zwei dicke, eigenhändig gebackene Torten, die sie als Geschenk mitgebracht hatten.

Georg Rauscher überraschte das Brautpaar mit einer Flasche Sekt und Birnenschnaps, von dem alle reichlich kosteten, sodass es eine lustige Feier wurde.

Am späten Abend war Dora dann doch etwas schüchtern. Sie genierte sich ein bisschen, als sie sich vor ihrem Fritz ausziehen und ihr Nachthemd überstreifen musste.

Er half ihr, in dem er das Schlafzimmer verließ, in die

Küche ging und sich dort auszog, dann das Licht im Schlafzimmer löschte und sich zu ihr ins Bett legte. Endlich konnten sie sich küssen, streicheln und lieben, ohne dass jemand es als anstößig empfand.

„Es ist das schönste Weihnachtsfest, das ich bisher erlebt habe", meinte Dora und kuschelte sich an ihren Ehemann.

Die drei Wochen Sonderurlaub vergingen wie im Flug. Beide waren unendlich traurig, als Fritz zurück zu seiner Einheit nach Wilhelmshaven musste und sie sich wieder nur Briefe schreiben konnten.

Bis zum Sommer arbeitete Friedrich in Wilhelmshafen als Leiter des Marinebekleidungsamtes. Weil der Krieg aber immer mehr Verluste forderte, wurde er zur 6. Rheinarmee versetzt und musste am Feldzug gegen Russland teilnehmen.

Den Soldaten wurde durch Lieder und Gedichten vorgegaukelt, dass der Krieg nur ein Kinderspiel sei. Ganz einfach zu gewinnen! Doch so war es nicht, denn die Zeiten, in denen die Soldaten Mann gegen Mann kämpfen mussten, waren endgültig vorbei.

Es gab bereits moderne, großkalibrige Artillerie, Flammenwerfer, U-Boote, Giftgas und Panzer.

Selten gab es Post aus der Heimat für die Soldaten und das diesjährige Weihnachtsfest musste Dora wieder mal ohne ihren Ehemann feiern. Aber so erging es fast allen Frauen.

Ohne Ehemann war auch Anna Rauscher, die Dora am Heiligen Abend 1916 eine Flasche Obstler brachte und sich bei ihr über die viele Arbeit beklagte.

„Zum Haushalt und zur Kindererziehung muss ich zusätzlich den Spirituosenladen meines Mannes weiterführen. Das Geld kann ich zwar gut gebrauchen, aber Anfang des neuen Jahres muss ich unbedingt eine Zugehfrau haben, denn so geht das nicht weiter. Dauernd kommt eines der Kinder in den Laden und beklagt sich, dass ich keine Zeit habe, um mich um ihre Hausaufgaben zu kümmern oder ihre Streitereien zu schlichten."

„Gut, dass wir bislang noch kein Kind haben. Ich müsste mich dann mit dem Nähen auch sehr einschränken", meinte Dora.

„Ja, ja, für uns Frauen wird die Doppelbelastung durch Haushalt und Kinder, so wie durch die stärkere Erwerbstätigkeit immer schwieriger. Dazu noch der tägliche Kampf wegen der miserablen Lebensmittel-Versorgung", schimpfte Anna aufgebracht.

„Hast du denn Geschenke für die Kinder?", erkundigte sich Dora.

„Ja, ja, meine Jüngste bekommt eine Puppe und für die Jungen hab ich Gewehre, Säbel, Trommeln und etliche Zinnsoldaten gekauft. Sie hatten sich zwar jeder eine Luftbüchse gewünscht, aber als ich gehört habe, dass damit schon eine Reihe Unfälle geschehen sind, habe ich es gelassen, obschon der Ladenbesitzer sie mir unbedingt verkaufen wollte. Er meinte: ‚Gnädige Frau, die fröhlichen Kinderaugen am Fest der Liebe werden Euch reicher Lohn sein. Und der fürs Heimatland kämpfende Vater, der seine Kinder nicht mit seiner Anwesenheit beglücken kann, wird's Euch danken'. Ich hab ihm dann gesagt, dass mein Mann nur ungern in den Krieg gezogen ist, worauf er mich nur vorwurfsvoll angesehen hat."

„ Männer denken eben anders, als Frauen", stellte Dora fest. Dann gab sie Anna ein paar selbstgestrickte Socken, worüber die sich sehr freute und dankbar sagte:

„Die werde ich im Laden anziehen. Da ist kein Keller drunter. Ist immer fußkalt!"

„Hast du denn schon in der heutigen Zeitung die neue Kleiderordnung für Frauen gelesen"; erkundigte sich Dora.

„Nein, was stand denn da?"

„Erlaubt ist nur noch ein Alltags- und ein Sonntagskleid, ein Kleiderrock, zwei Blusen, drei Schürzen und je nach Jahreszeit einen Mantel. Auch darf man nur zwei Paar Schuhe und ein Paar Winterstiefel haben. Weißt du, was ich ganz schlimm finde: jeder darf nur noch sechs Taschentücher besitzen."

„Gut, dass du neulich aus meiner alten, karierten Bluse für die Kinder etliche Taschentücher genäht und vieles für uns umgeändert hast", meinte Anna, während sie ihren Mantel anzog. Dann umarmte sie Dora und wünschte ihr noch einen schönen Abend. Es wurde Zeit, dass sie nach Hause kam, denn ihre Kinder warteten bestimmt schon auf sie.

Den Silvesterabend verbrachte Dora ganz gemütlich zusammen mit ihrer Hauswirtin, Antonia Herle, mit der sie sich immer gut verstand.

Ein paar ältere Kleider, die Antonia mitgebracht hatte, sollte Dora im neuen Jahr für sie ändern, damit sie wieder modischer aussahen.

Trotz oder gerade wegen der schlimmen Zeiten versuchten die meisten Frauen in Doras Umgebung sich so gut wie möglich zu kleiden. Deshalb brachten sie ihre alte Garderobe zu Dora, um sie aufarbeiten zu lassen.

In den gängigen Zeitschriften wurden neuerdings Schnittmuster abgeduckt, die das Selbstnähen erleichtern sollten. Wer es nicht schaffte, wandte sich an eine Schneiderin. Aber es gab auch Damen, die nicht von der kriegsbedingten Kleiderordnung betroffen waren.

So konnte Dora für die Frau Doktor und deren Freundinnen des Öfteren ein neues, modisches Kleid oder ein Kostüm im Stil von Coco Chanel anfertigen. Auf diese Weise kam sie gut über die Runden und konnte so zusätzlich einiges an Geld sparen.

Im Oktober 1917 wurde Friedrich nach Frankreich an die Front versetzt. Vorher bekam er Urlaub, durfte für zwei Wochen nach München zu seiner Frau fahren, die ihn überglücklich in ihre Arme schloss. Doch was war aus ihrem fröhlichen Mann geworden? Schließlich erzählte er ihr:

„Ich kann die offizielle Kriegspropaganda nicht mehr hören. Die alltägliche Wirklichkeit sieht ganz anders aus. Statt als strahlende Helden, die ihr Vaterland ruhmvoll verteidigen, sehen wir Frontsoldaten die brutale Realität, wenn der Kamerad neben uns sein Leben lassen muss. Zum Schutz vor Seuchen werden die vielen Toten mit Kalk bestreut und eilig begraben. Die amtlichen Stellen sprechen dann vom „Heldenhaften Tod auf dem Feld der Ehre".

Am Anfang habe ich auch an den Sieg geglaubt, aber jetzt…?" Friedrich schüttelte den Kopf.

„Ich kann das gut verstehen", sagte Dora und berichtete ihm, was bei den Mietern nebenan geschehen war.

„Bei der Familie ist der Vater gefallenen. Kurz vorher hat er noch das Eiserne Kreuz erhalten, doch nun droht der sechsköpfigen Familie Armut und eine ungesicherte Zukunft. Viele Hausbesitzer wiederum beklagen sich, dass manche Mieter der Ansicht sind, wegen des Kriegszustandes brauche man keine Miete mehr bezahlen. Ich frag mich, wo soll das alles noch hinführen?"

„Das weiß ich auch nicht. Bin nur heilfroh, dass ich hier bei dir sein kann, meine liebe Dora. Nur schade, dass ich zu Weihnachten keinen Urlaub bekomme und du in diesem Jahr wieder alleine neben deinem kleinen Tannenbaum sitzen musst."

Anfang 1918 war Friedrich im Standquartier bei Nazareth in Flandern, in Belgien untergebracht, das nordwestlich auf der halben Strecke zwischen Brügge und Brüssel lag. Dort musste er dringende Schneiderarbeiten an Offiziersuniformen vornehmen, die er stets schnell und ordentlich erledigte.

Für besondere Dienste wurde ihm deshalb das Eiserne Kreuz II. Klasse verliehen.

Als Friedrich am ersten März für vier Wochen Heimaturlaub bekam, trug er stolz die Auszeichnung an seiner Uniformjacke.

Dora war glücklich. Endlich hatte sie ihren Mann wieder zu Hause, konnte ihn in die Arme nehmen und ein bisschen aufpäppeln.

Aber bei der inzwischen akuten Lebensmittel-knappheit war das nicht so einfach, denn jeder konnte nur mit den für ihn zugeteilten Lebensmittelkarten einkaufen. Für Brot gab es oft eine extra Anweisung.

Ein Witzbold hatte im letzten Jahr sogar eine Traueranzeige in der Münchner Zeitung veröffentlicht, die Dora ausgeschnitten hatte und Friedrich zu lesen gab.

Doch Dora wusste sich immer zu helfen, nutzte ihre verschiedenen Beziehungen und sagte zu ihrem Mann:

„Keine Angst, wir haben genug zu Essen. Unter meinen Kundinnen befindet sich eine reiche Offizierswitwe. Die nette Dame bringt bei ihren Anproben immer zusätzlich einige Lebensmittel für mich mit."

Trauer-Anzeige.

Schmerzerfüllt geben wir allen Bekannten und Verwandten die betrübte Nachricht, dass heute Abend 8 Uhr unser lieber, guter

Kollege Brotlaib

im hohen Alter von über 8 Tagen nach langem Sparen endlich aufgegessen worden ist.

Um eine Brotmarke bitten die traurigen Hinterbliebenen:

Der Vater Joseph Hunger,
Die Mutter Marie Hunger
geb. Kohldampf.
Die Schwiegersöhne
Anton Wenigfleisch,
Fritz Ohnefett,
Die Tante Berta Schmalhans,
Die Nichte Dina Mehlnot.

Magerstadt, im Okt. 1917.

Liebevoll stieß Dora ihren Friedrich an und meinte:
„Für ein Foto reicht unser Geld auch noch. Das lassen wir zweimal abziehen damit jeder von uns ein Bild bekommt. Natürlich mit dem Eisernen Kreuz auf

der Uniformjacke, auf das du so stolz bist."

Im April stellte Dora fest, dass sie schwanger war. Sie wartete noch vier Wochen und ließ sich dann in der Frauenklinik, auch „Oberbayrische Anstalt" genannt, untersuchen. Die Klinik lag ungefähr zehn Minuten von ihrer Wohnung entfernt, in Richtung Stadtmitte.
Wieder zu Hause schrieb sie sofort einen Brief an Friedrich und teilte ihm mit:
„Mein lieber Mann, du wirst Vater. Das Kind wird Anfang Dezember auf die Welt kommen. In Liebe deine Dora."

Im Gegensatz zum vorigen Sommer war es in diesem Jahr sehr kalt. Im Juni regnete es oft, so dass die Bauern in der Umgebung von München Angst um ihre Getreideernte hatten. Die Menschen waren aber nicht nur über den Sommer unzufrieden. Sie murrten und schimpften auch über den furchtbaren Krieg, denn zu viele Soldaten waren gefallen.
Alte Menschen, aber auch Frauen und Kinder starben und zwar an Unterernährung und deren Folgen.
Auf Plakaten wurde die Bevölkerung zum eisernen Sparen angehalten, während im Jahr zuvor in den Schaufenstern noch Kinderbücher mit Kriegsbildern lagen.

Im August bekam Friedrich vier Wochen Heimaturlaub. Dora holte ihn vom Bahnhof ab und sie fuhren mit der Straßenbahn bis in die Nähe ihrer Wohnung.
Als sie so nebeneinander in der Bahn saßen sagte

Friedrich:

„Du sieht sehr hübsch aus in dem neuen Kleid. Hast du dir den Schnitt selbst ausgedacht?"

Dora nickte und meinte:

„Es ist tatsächlich so geworden wie ich es mir vorgestellt habe und man sieht nicht mal, dass ich schon im fünften Monat schwanger bin."

Zu Hause durfte Friedrich, seine Hand auf Doras Bauch legen und fühlen, wenn sich das Kind bewegte. Ein schönes, emotionales Erlebnis.

Allerdings hatten beide Angst vor der Influenza, auch „Spanische Grippe" genannt an der schon viele jüngere Menschen gestorben waren, während bei einer normalen Grippe eher Kleinkinder oder alte Menschen gefährdet waren.

„In der Zeitung, die ich ab und zu von meiner Hauswirtin bekomme stand, dass die Grippe in München von Tag zu Tag schlimmer wird. Ende Juli sind in einer Woche sogar 35 Männer und 57 Frauen gestorben. In fast allen privaten Betrieben und Büros fehlen Arbeitskräfte und in den Stadtämtern nimmt der Krankenstand auch weiter zu."

„Wir müssen sehr vorsichtig sein. Darum werde ich in der Zeit, wo ich hier bin, für uns die Lebensmittel einkaufen. Ich möchte nicht, dass dir oder dem Kind etwas geschieht." Zärtlich strich Friedrich seiner Frau über die Wange und fragte:

„Hast du auch gelesen, dass es neulich zu einem Aufstand gekommen ist? Die Matrosen der Kriegs-flotte und die Arbeiter der Rüstungsbetriebe haben gestreikt. Ich glaube, der Krieg ist bald zu Ende!"

„Hoffentlich! Dauernd mit der Angst zu leben, dass dir an der Front was passiert, ist bestimmt nicht gut für unser Kind."

Sanft strich Dora über ihren Bauch, in dem sich das Kind gerade bewegt hatte.

Nachdem Friedrich München wieder verlassen hatte, kümmerte sich Dora wieder mehr um ihr Geschäft. Noch konnte sie sich über den Tisch beugen um Kleider, Röcke oder Blusen zuzuschneiden. Stundenlang an der Nähmaschine zu sitzen, machte ihr bislang auch nichts aus, denn die neue Herbst-Garderobe für ihre betuchten Kunden musste ja fertig werden.

Auch musste sie für ein paar Frauen aus der Nachbarschaft alte Kleider ändern, ein bisschen modisch aufpeppen. Dabei waren besonders ihre eigenen Ideen gefragt.

Ein schönes langes Brautkleid für die Nichte der reichen Offizierswitwe zu nähen, hatte sie besonders gereizt, da sie für diese Art Kleider den doppelten Preis verlangen konnte.

So kam etwas von dem Geld in ihr kleines rosa Sparschwein, das sich auf diese Weise nach und nach füllte.

Doras Hauswirtin berichtete ihr eines Tages:

„Ich habe gehört, dass Kurt Eisner zum Sturz der Monarchie aufgerufen und damit die Voraussetzung für eine Republik geschaffen hat. Der König soll zusammen mit seiner Familie im Automobil weggefahren sein. Hat wohl unbehelligt die Stadt verlassen."

„Und wohin ist er gefahren?"

„Das weiß ich leider nicht."

Kaiser Wilhelm verzögerte immer wieder seine Abdankung. Schließlich verkündete Reichskanzler Max von Baden über den Kopf des Kaisers hinweg dessen Thronverzicht. Notgedrungen floh auch der Kaiser mit seiner Familie.

Um nach Holland zu fahren, benutzte er am neunten November 1918 einen prächtigen Eisenbahnwagon. In seinem neuen Domizil unterschrieb er kurz darauf die Abdankungsurkunde. Somit war der Weg zur ersten Deutschen Demokratie frei.

Der Waffenstillstand, das Ende des Ersten Weltkrieges, wurde am 11. November 1918, in einem Eisenbahnwaggon in Nordfrankreich, zwischen dem Deutschen Reich, Frankreich und Großbritannien unterzeichnet.

Den Soldaten im Feld verkündete man das Ende der Kampfhandlungen mit dem Befehl zum sofortigen Rückzug.

Zusammen mit den Männern seiner Kompanie musste sich Friedrich Hanek auf dem Stützpunkt in Koblenz melden.

Rund 10 Millionen Soldaten hatten als menschliches Kanonenfutter gedient. Eine grausige Bilanz!

Am 12. November, drei Wochen zu früh, setzten bei Dora die Wehen ein und ihre Hauswirtin begleitete sie zur Frauenklinik. Dora kam sofort in den Kreissaal und wurde von einer Hebamme betreut, so dass die Geburt relativ problemlos verlief.

Stunden später übergab die Hebamme das Kind der Mutter zum Stillen und sagte:

„Ihr Baby ist das dünnste und hässlichste Kind auf

der ganzen Station, aber vielleicht wird aus Ihrem Sohn später mal ein hübscher junger Mann!"

Nach ein paar Tagen ließ Dora den Kleinen in der Klinik-Kapelle auf den Namen Karl Eduard taufen, denn so hieß auch sein Onkel, der Bruder ihres Mannes.

Friedrich bekam eine Woche Sonderurlaub und fuhr nach München. Am nächsten Tag holte er seine Frau zusammen mit dem Baby aus der Klinik ab.

Dora war froh, dass sie schon früh genug Kleidung und Windeln für den Kleinen genäht hatte.

Ein paar Tage später brachte der Postbote einen Brief von Bruder Karl aus Wilhelmshaven. Er teilte Friedrich mit:

„Du kannst deine alte Stelle beim Marine-Bekleidungsamt wiederbekommen. Sie würden sich freuen, wenn du zu sagst!"

Friedrich überlegte hin und her und erklärte Dora:

„Du musst dich jetzt um unseren Sohn kümmern, hast nicht mehr so viel Zeit zum Nähen. Ich aber kann eine Festanstellung mit einem guten Gehalt in Wilhelmshaven bekommen. Wenn du nichts dagegen hast, werde ich uns dort eine Wohnung suchen und du kommst im Frühjahr mit dem Kleinen nach."

„Hoffentlich bekomme ich an der Küste kein Heimweh, vermisse die hohen Berge aus der Umgebung von München."

„Aber Dorchen, du hast doch mich!"

Schon nach kurzer Zeit fand Friedrich eine passende Wohnung in Wilhelmshaven und meldete sich und seine Familie Anfang Dezember beim Einwohnermeldeamt an.

Eine Woche vor Weihnachten fuhr Friedrich für zwei Tage nach München. Leider bekam er für einen längeren Aufenthalt keine Genehmigung, da er ein Ausländer, ein Preuße im Freistaat Bayern war.

Dora konnte es nicht fassen, schimpfte auf die Bürokratie. Sie hatte sich so sehr gewünscht, endlich einmal das Weihnachtsfest zusammen mit ihrem Mann zu verbringen.

Friedrich versuchte sie zu trösten in dem er ihr versprach:

„Im nächsten Jahr wird alles besser, meine liebe Dora. Wir waren so oft getrennt, da werden wir diese Zeit auch noch schaffen."

„Weil du jetzt hier in München ein Ausländer bist, müssen wir uns wohl oder übel den Anordnungen fügen, obschon ich es total herzlos finde", antwortete Dora.

„Wir fügen uns lieber, sonst lande ich womöglich noch im Kerker und das will ich auf keinen Fall!"

Anfang des neuen Jahres war Dora dann doch froh, dass sie bald nach Wilhelmshaven ziehen konnte.

Ihr Verdienst war erheblich geringer geworden, die Lebensmittelpreise aber hatten angezogen.

Auf dem Schwarzmarkt wurden Textilien und Stoffe nur noch in geringen Mengen angeboten.

Kein Wunder, dass die Menschen auf die Straße gingen und protestierten. Überall gab es Aufstände und tagelange Krawalle.

Im Februar wurde Friedrich Ebert zum Reichspräsidenten gewählt und die Weimarer Verfassung trat in Kraft.

Dora hatte keine Zeit, um sich mit Politik zu befassen. Sie musste ihren Haushalt sortieren, überlegen was sie mitnehmen, beziehungsweise tragen konnte und was demnächst im Gepäckwagen der Bahn nach Wilhelmshaven transportiert werden musste.

In der Nacht vom zweiten auf den dritten April schneite es in München, so dass am nächsten Morgen eine 50 Zentimeter hohe Schneedecke lag. Vom Küchenfester aus, mit Blick in den Garten, fand Dora die weiße Landschaft schön.
Für die Straßenreinigung aber war es eine Katastrophe, da um diese Zeit niemand mehr mit einem Wintereinbruch gerechnet hatte.

Zum Glück war die weiße Pracht eine Woche später wieder weggetaut, denn zu Ostern wollte Dora zu ihrem Mann nach Wilhelmshafen fahren, um sich die neue Wohnung anzusehen.
Sie brachte den kleinen Karl zu ihrer Hauswirtin, die ihn gerne für ein paar Tage nahm und fuhr mit dem Zug quer durchs Land zur Nordseeküste.
Was sie schon zu Hause entbehren konnte, nahm sie In großen Taschen mit.

Friedrich holte sie am Bahnhof ab und zeigte ihr voller Stolz die gemietete Wohnung. Die Schlafzimmermöbel hatte er schon gekauft und mit Bruder Karl aufgebaut. Die anderen Möbel wollte er zusammen mit seiner Frau nach Ostern aussuchen.

Karl hatte ihm auch einen alten Tisch und zwei Stühle gebracht, die unbenutzt bei den Eltern seiner Freundin Frieda im Abstellraum standen.
Es war zwar alles ein bisschen provisorisch, aber

Hauptsache sie waren zusammen. Morgens gab es belegte Brote und Milch, mittags gingen sie irgendwo eine Kleinigkeit essen und zum Abendbrot waren sie bei Karl eingeladen.

Friedrich zeigte seiner Dora die Stadt und natürlich das Meer. Arm in Arm spazierten sie am Ostersonntag auf der Promenade am Südstrand entlang. Nachdem Dora die Deiche gesehen hatte, ließ ihre Angst vor dem Wasser ein wenig nach. Außerdem lag ihre Wohnung in einem der Häuser, die auf dem Hügel in der Nähe des großen Stadtparks standen, so dass sie nicht ohne weiteres überflutet werden konnte. Als am Dienstag nach Ostern die Möbelgeschäfte wieder geöffnet hatten, suchten sie gemeinsam die Einrichtung für Küche, Stube und Kinderzimmer aus. Alles sollte im Laufe der nächsten Wochen geliefert werden.

Ende Mai war es dann soweit. Dora hatte ihre Möbel bis auf ein paar kleinere Teile verkauft. Wäsche, Geschirr und Nähsachen waren in Taschen und Kisten verpackt worden.
Freunde halfen ihr, Nähmaschine, Kinderwagen und die anderen Sachen zur Bahn zubringen.
Mit Tränen in den Augen verabschiedete sich Dora von ihrer liebenswerten Hauswirtin und bedankte sich noch mal bei allen für die tatkräftige Hilfe.
Nachdem ihre Sachen im Zug verstaut waren und sie im Abteil Platz genommen hatte, nahm sie ihren Sohn auf den Schoß, drückte ihn liebevoll an sich und sagte:
„So mein Kleiner, jetzt fahren wir zu Papa!"

Eine Woche vorher hatte Dora noch ein Foto von ihrem Sohn machen lassen, dass sie ihrem Mann mitbringen wollte, denn inzwischen war aus dem hässlichen Baby ein niedliches Kleinkind geworden.

In Wilhelmshaven angekommen, wurde sie von ihrem Mann, Schwager Karl und ein paar Arbeitskollegen mit einem lauten „Hallo" empfangen. Nach der Begrüßung halfen alle mit, ihre Sachen in die neue Wohnung zu transportieren.

Dora gewöhnte sich nur langsam an ihr neues Zuhause. Hier war es immer einige Grad kälter als in München. Oft wehte ein starker Wind, sodass die Luft ein wenig salzig schmeckte.
Wenn es ihre Zeit erlaubte und die Sonne schien, setzte sie den kleinen Karl in den Kinderwagen und fuhr mit ihm in den Stadtpark. Manchmal durfte er auch im Sandkasten, der sich in einer Ecke des großen Spielplatzes befand, ein wenig herum krabbeln.
Sie genoss es, die Abende mit ihrem Mann zu verbringen, sich mit ihm über seine Arbeit zu unterhalten und zu überlegen, wie sie auch ein wenig dazu verdienen könnte.
So nach und nach sprach es sich aber herum und sie bekam Aufträge für Änderungen und Neuanfertigungen. Endlich konnten sie sich die langersehnte Wohnzimmervitrine und einen passenden Teppich kaufen.

Im September stellte Dora fest, dass sie wieder schwanger war. Friedrich war begeistert, freute sich auf das Kind und fragte:

„Meine Liebe, wann ist es denn soweit?"

„Wenn alles gut geht, müsste es im nächsten Jahr, also Anfang April auf die Welt kommen."

Dora nähte sich ein paar Umstandskleider und für das zu erwartende Kind neue Hemdchen, Jäckchen und Hosen.

Friedrich war froh, dass er eine feste Arbeitsstelle hatte und für seine Familie genügend Geld nach Hause brachte. Nach wie vor machte es ihm Spaß, für die Herren von der Marine, aus dunkelblauen Stoffballen neue Anzüge und Mäntel zu nähen.

Weil er inzwischen die Meisterprüfung abgelegt hatte, durfte er auch Lehrlinge ausbilden, sein Können an die nächste Generation weiter geben.

Beim Frühstück las Dora am Samstag in der Tageszeitung, dass Coco Chanel in Paris ein großes Modehaus eröffnet hatte. Für den Abend schlug sie kleine, schwarze Kreationen vor, die sich ihre Berühmtheit als „Kleines Schwarzes" bis in die Neuzeit erhielten. Es war eine bequeme Mode. Die Röcke waren alle nur wadenlang und die hüftlangen Jacken wurden mit einem Gürtel gehalten.

„Wenn ich genug Geld hätte, könnte ich so einen Laden auch hier in Wilhelmshaven aufmachen. Genug Ideen dafür hätte ich", erklärte Dora ihrem Mann und zeigte ihm den Artikel. Der lachte nur und antwortete:

„Mach du lieber den Haushalt und kümmere dich um unser Kind."

In diesem Jahr gab es zu Weihnachten wenig Schnee, aber sehr viel Regen. Der Rhein führte Hochwasser und überflutete die Altstadt von Köln.

An der Nordseeküste herrschte Sturmflut-Warnung. Trotz des schlechten Wetters wurde es für Dora ein schönes Weihnachtsfest, denn es war das erste Mal, dass sie gemeinsam mit Ehemann und Sohn in der guten Stube neben einen Tannenbaum sitzen und kleine Geschenke auspacken konnte.

Zwei Monate später, am 24. Februar 1920 hielt die Nationalsozialistische Deutsche Arbeiterpartei, NSDAP, ihre erste große Versammlung im Münchner Hofbräuhaus ab.
Der Sitzungsleiter, Adolf Hitler, stellte das neue Programm vor. Erkennungszeichen der Partei war eine Fahne mit einem Hakenkreuz.
Ungewissheit und Zukunftsangst prägten die Stimmung im Deutschen Reich und viele Bürger erhofften sich von der neuen Partei eine bessere Zukunft.

Doras zweites Kind kam am 11. April, mit Hilfe einer Hebamme, zu Hause im Schlafzimmer zur Welt.
Ein Junge, der ein paar Tage später in der nahe gelegenen Kirche auf den Namen Fritz getauft wurde.
Für Dora begann eine schwierige Zeit. Sie musste sich um das Baby kümmern, den Haushalt machen und gleichzeitig den kleinen Karl versorgen, der ja erst 1 ½ Jahre alt war.
Im Juni wurde Friedrich endlich aus der Reichs-Wehrmacht entlassen. Zum Glück war er ein hervorragender Schneider und konnte so als Privatmann weiterhin beim Marinebekleidungsamt arbeiten. Pünktlich jeden Freitag bekam er seinen Lohn ausbezahlt, den er treu und brav bei seiner

Ehefrau ablieferte, die gut damit wirtschaftete.

Ende September stellte Dora fest, dass sie wieder schwanger war.

„Warum hast du nicht aufgepasst, Fritz?"

Der schaute sie nur verlegen an und meinte großzügig:

„Wir schaffen das schon, meine Liebe!"

„Wir, is' gut! Du bist doch den ganzen Tag auf der Arbeit. Wenn du abends wieder da bist, sind die Kinder schon im Bett. Du hast ja nur am Wochenende für sie Zeit. Ich schlafe ja gerne mit dir, aber demnächst musst du wirklich besser aufpassen. Drei Kinder so kurz hintereinander, das ist schon eine Menge Arbeit für mich."

Im Oktober fuhr Dora mit dem kleinen Fritz zum Fotografen. Ihre Mutter in Bayern sollte von dem neuen Enkel ein Bild bekommen. Gleichzeitig ließ sie auch von sich ein Foto machen, das sie im Wohnzimmer neben dem Hochzeitsbild und den Kinderbildern aufstellte.

Wenn die Kleinen im Bett waren, saß sie oft in der Küche an der Nähmaschine, während ihr Ehemann am Tisch die Tageszeitung las.

Von dem Geld, das sie von ihren Kundinnen bekam, kaufte sie Weihnachtsgeschenke und einen dicken Braten für das Fest. Es war eine schöne und gemütliche Zeit.

Auch konnten sie sich jetzt lieben ohne dass sie befürchten musste, schwanger zu werden.

Während der ganzen neun Monate hatte sie keinerlei Beschwerden gehabt, sah immer gut aus, sodass Fritz richtig verliebt in seine Frau war.

Der dritte Sohn kam am 29. Mai 1921, kurz nach Mittag auf die Welt und wurde auf den Namen Hermann getauft.

„Eigentlich hätte ich lieber eine Tochter gehabt. Schade, dass man sich das nicht aussuchen kann", meinte Friedrich lachend.

„Ja, das ist wirklich schade. Ich hätte unter all den Männern auch gerne weibliche Verstärkung gehabt", antwortete Dora. Sie hatte jetzt alle Hände voll zu tun, um die kleine Rasselbande zu versorgen.

Gott sei Dank war es in diesem Sommer sehr warm, so dass sie oft mit den Kindern in den Park gehen konnte, wo sich zur Freude der Jungen der große Sandkasten befand.

Bevor sie abends ins Bett kamen, steckte Dora sie der Reihe nach in eine Zinkwanne, um Sand und Schmutz von ihnen abzuwaschen.

Ende Oktober gab es heftige Gewitter und die Temperaturen sanken bis auf 3 Grad.

Im November setzte eine Sturmflut ganz Hamburg unter Wasser und in den nächsten Wochen meldete sogar Süddeutschland Hochwasser.

Über Weihnachten gab es statt Schnee auch nur Regen, sodass die Jungen nicht draußen spielen konnten. Stattdessen mussten sie sich mit Bauklötzen und der Holzeisenbahn mit den acht Wagons beschäftigen, die sie vom Christkind bekommen hatten. Zum Beladen hatte Dora ihnen größere Knöpfe und leere Garnrollen gegeben.

Am ersten Januar 1922 wurde die ganze Nordseeküste von einer Springflut heimgesucht. Alle Männer wurden aufgerufen Sandsäcke zu packen, Deiche und Straßen zu sichern, so auch in Wilhelmshaven.

Nach Stunden kam Friedrich jedes Mal völlig nass und durchgefroren nach Hause. Damit er sofort etwas Heißes trinken konnte, hatte Dora immer eine Kanne Ostfriesentee hinten auf dem Herd stehen. Nach gut einer Stunde musste Friedrich wieder zurück, denn alle Hände wurden dringend gebraucht. Voller Sorge stand Dora die halbe Nacht am Fenster.

Wartete und wartete... Stunde um Stunde...!

Ab und zu schaute sie zum dunklen, wolkenverhangenen Himmel und dachte:

‚Vor Feuer kann man weglaufen, vor Wassermassen aber nicht!'

Angstvoll hoffte sie, dass ihr Mann wieder heil zurückkam.

Tage später stand in der Zeitung, dass auf den Inseln und besonders auf Sylt der Strand von Westerland von den hohen Wellen völlig weggespült sei.

Das ganze Jahr über gab es immer wieder heftige Unwetter mit Temperaturstürzen, so dass sogar in einigen Gebieten des Reiches der Notstand ausgerufen wurde und die Zeugen Jehovas den baldigen Weltuntergang verkündeten.

Wie zum Hohn erschien gleichzeitig eine neue Seifenwerbung in der „London News", obschon die sonst relativ schmale Themse auch einige Stadtteile unter Wasser gesetzt hatte.

Wegen der oft kühlen Witterung trugen die Frauen auf der Straße meistens Kostüme aus leichten Wollstoffen oder aus dickerem Gabardine.

Der Topf-Hut, der sich der Form des Kopfes anpasste, war meistens mit einem schmalen Band in einer anderen Farbe verziert.

In Mode kamen auch lose Jacken aus Samt, die mit einem bestickten Tuch kombiniert wurden.

Dora nähte nicht gerne Jacken aus Samt, da diese Stoffe beim Zuschneiden arg fusselten und sich die Nähte schlecht bügeln ließen, schnell glänzend wurden.

Die Geldentwertung nahm auch immer mehr zu und vernichtete die Ersparnisse zahlreicher Familien.

Als Andenken hatte Dora ein paar Geldscheine aufbewahrt: Zehn Millionen Mark, Fünfzig Millionen Mark und Einhundert Millionen Mark, die jetzt alle keinen Wert mehr hatten.

Der Austausch der Papier-Mark durch die Renten-Mark beendete im November 1923 die Inflation.

Dora benutzte das wertlose Papiergeld im Winter zum Anheizen des Küchenherdes.

Zwei Jahre später grassierte in den Großstädten ein neuer Tanz, der Charleston. Die dazu passende neue Mode bestand aus taillenlosen, knielangen Kleidern und Röcken, sowie einem Bubikopf-Haarschnitt.

Frauen, deren Männer relativ viel Geld besaßen, schmückten sich mit vielen langen Perlenketten,

Federboas und zum Rauchen benutzten sie eine extrem lange Zigarettenspitze.

Viele ältere Menschen und besonders die christlichen Kirchen lehnten diese Mode und den Tanz als zu frivol und unsittlich ab. Doch diese Mode hatte den Damen ein neues Selbstbewusstsein verliehen.

Auch das brav wirkende, sogenannte Prinzesskleid mit seinen beiden Längsnähten am Vorder- und Rückenteil war sehr beliebt. Es hatte elegant wirkende Dreiviertelärmel, manchmal Puffärmel und meistens einen Bubikragen, an dem sich oft eine schmale Spitze befand.

Diese Art Kleider waren auch für etwas molligere Damen tragbar, denn sie wirkten darin schlanker.

Für Dora waren diese Modelle auch einfacher und schneller zuzuschneiden und zu nähen.

Frauen, die sich nicht mit Haushalt und Kindererziehung befassen mussten, wollten jetzt einen Beruf erlernen oder sich wenigstens sportlich betätigen, denn die Hausfrau- und Mutterrolle erschien ihnen nicht mehr erstrebenswert genug.

Konnte man es sich leisten, besuchte man die Opernhäuser und die Theater oder amüsierte sich in den zahlreichen Revuen, die den Zeitgeschmack wiederspiegelten.

Einfache Leute, wie Dora und Friedrich, konnten sich vielleicht einmal im Monat einen Kinobesuch leisten und zwar nur dann, wenn jemand auf die Kinder aufpasste.

Oft sprachen sie anschließend über die Filme, die sie gesehen hatten wie zum Beispiel „Der letzte Mann" mit dem Schauspieler Emil Jannings. Besonders gefallen hatte ihnen „Der blaue Engel", einer der frühesten Tonfilme mit Hans Albers und Marlene Dietrich.

Im Frühjahr 1927 bemühte sich Friedrich um eine größere Wohnung und durch die Vermittlung von Freunden bekam die Familie ein neues Zuhause, in dem sich alle gleich wohlfühlten.

In den Sommerferien fuhr Dora mit den Kindern für zwei Wochen zur Oma, in die Umgebung von München. Endlich wieder in der Heimat, endlich wieder Wiesen, Hügel und hohe Berge.

Ihre Söhne fanden alles nicht so toll, sie waren an das flache Umland und an das Meer mit Ebbe und Flut gewöhnt. Auch gingen sie im Sommer lieber baden, statt auf hohen Almwiesen herumzulaufen.

Dora hatte für ihre drei Söhne einen Matrosen-Anzug genäht. Ob freiwillig oder nicht, er gehörte unbedingt zur Sonntagskleidung eines deutschen Jungen. Der Mode entsprechend natürlich mit kurzen Hosen.

Wieder in Wilhelmshafen angekommen, meldete sich Dora zusammen mit Friedrich beim Bayrischen Trachtenverein an. Gemeinsame Wanderungen und Picknick im Freien sorgten für ein gutes Miteinander. Oft waren auch die Kinder der Mitglieder anwesend. Abends saß man in geselliger Runde zusammen am Lagerfeuer und sang Volkslieder.

Dora war bei den Frauen gut angesehen, denn sie

hatte für alle schöne Dirndlkleider genäht, die gut passten und angezogen sehr hübsch aussahen. Durch den Verein hatte sie an der meist windigen Nordseeküste wenigstens etwas Heimatliches.

Nachdem Fritz seiner Frau im Sommer gut zugeredet hatte, entschloss sich Dora endlich die neue Charleston-Mode mitzumachen.

Als sie das neue kurze Hängerkleid fertig genäht hatte und es für schick befand, ging sie am nächsten Tag zum Friseur und ließ sich einen modischen Kurzhaarschnitt verpassen.

Stolz wie Oskar spazierte Friedrich mit seinem Dorchen am Sonntagnachmittag Arm in Arm durch die Stadt.

Das neue flotte Erscheinungsbild seiner Frau brachte wohl frischen Wind in die Ehe, denn Ende November stellte Dora zu ihrem eigenen Entsetzen fest, dass sie wieder schwanger war. Doch diesmal verlief die Schwangerschaft anders. Dauernd war ihr übel und sie musste sich oft aufs Sofa legen.

„Mit fast 44 Jahren ist es auch nicht mehr so einfach wie bei den ersten Kindern", erklärte sie ihrem Mann, der sie schuldbewusst bemitleidete.

Als Dora sich endlich damit abgefunden hatte, freute sie sich auf das Kind.

„Vielleicht wird es ja endlich eine Tochter, damit ich Verstärkung in der Familie bekomme."

Die drei Jungen hofften auch auf eine Schwester und Vater Friedrich sah sich schon mit einem kleinen Mädchen an der Hand im Stadtpark spazieren gehen.

Am 5. Juli 1930 setzten morgens bei Dora die Wehen

ein. Als sie den Kindern die Schulbrote schmierte, sagte sie zu ihnen:

„Ich glaube, unser Baby kommt heute. Ihr geht nach der Schule zu Onkel Karl und Tante Frieda und bleibt dort, bis der Vater euch abholt."

Dieser hatte sich extra zwei Tage Urlaub genommen, damit er sich um die Kinder kümmern konnte.

Gegen Mittag schickte Dora ihren Mann los um die Hebamme zu holen. Kurz vor 15 Uhr setzten die Presswehen ein und ruckzuck war das Kind da.

Der sehnlichste Wunsch, endlich eine Tochter zu bekommen, war nicht in Erfüllung gegangen.

Der vierte Sohn wurde auf den Namen Wilhelm Mathias getauft. Der Kleine war ein liebes, ruhiges Kind und wurde von allen geliebt.

Um den neuen Erdenbürger zu knipsen, wollte sich Friedrich einen Fotoapparat kaufen, aber Dora meinte:

„Warte noch ein bis zwei Jahre, dann wird er bestimmt preiswerter."

Natürlich wurde der Kleine von allen verwöhnt und weckte bei seinen Brüdern Beschützerinstinkte. Wenn er weinte oder schrie, rannten gleich alle drei hin. Schließlich wurde es Dora zu viel und sie befahl:

„Ihr habt Ferien. Geht nach draußen. Geht spielen. Es reicht, wenn ich mich um den Kleinen kümmere!"

Doch bei dem kalten Sommerwetter machte es für die Jungen draußen so recht keinen Spaß.

Im August regnete es so stark, dass fast die ganze Ernte der Bauern zerstört, vom starken Wind etliche Häuser abgedeckt und sogar dicke Bäume entwurzelt wurden.

1933 war für die Deutschen ein Schicksalsjahr. Mit dem Versprechen Arbeitsplätze für alle zu schaffen und den Parteienstreit zu überwinden, kam Adolf Hitler an die Macht, wurde Reichskanzler.

Friedrich trat aus der evangelischen Kirche aus und meldete sich als neues Mitglied bei der NSDAP an. Stolz trug er das Parteiabzeichen am breiten Revers seines neuen, zweireihigen Anzugs, dazu ein längsgestreiftes Oberhemd und die gepunktete Krawatte aus dem Kaufhaus Leffers, die Dora ihm gekauft hatte.

Seine Söhne waren in der Hitlerjugend, was auch die Pflicht eines jeden deutschen Jungen war.

Dora interessierte sich eher für die neuen amerikanischen Kunststoffe aus Nylon und Perlon, die jetzt in den Fabriken großtechnisch hergestellt wurden.

Nylonstrümpfe waren bald in vielen Ländern von den Frauen heiß begehrt, da die Rocklänge nur noch bis kurz unters Knie ging.

Zum Winter wurden Pelzmäntel aus Persianer, Nerz, Somali-Leopard, Ozelot und Südsee-Seehund modern. Wer sich keinen Pelzmantel leisten konnte, trug einen Wollmantel mit einer Krawatte aus Breitschwanz, Nutria, Persianer, Nerz oder Fohlen.

Lippenstifte in Orangetönen und hellem Rosenrot, erfreuten sich einer großen Beliebtheit. Aber auch Puder, der in den Tönen Zart-Braun und Rosa variierte.

Die Frauen waren davon hellauf begeistert, weil er

ihre vormals blassen Gesichter hübscher erscheinen ließ.

Im Deutschen Reich begeisterte die Wehrmacht Millionen Menschen, so auch Friedrichs Söhne. Sie meldeten sich freiwillig, denn als Soldaten bekamen sie mehr Lohn, als im Handwerk oder in der freien Wirtschaft.

Mit dem Einmarsch in das Nachbarland Polen am ersten September 1939 gab Hitler das Signal zum Beginn des Zweiten Weltkrieges.

Am vierten September wurde Wilhelmshafen, als erste deutsche Großstadt, von britischen Jagdbombern angegriffen.

Eine panikartige Flucht der Bevölkerung aufs Land setzte ein. Sie kehrten jedoch bald wieder zurück und wurden Schritt für Schritt auf die Katastrophe vorbereitet, die in den nächsten Jahren auf sie zukommen sollte.

Friedrich war inzwischen Mitglied einer Wohnungsbau-Gesellschaft geworden und bekam eine größere Wohnung mit zwei Kinderzimmer im Stadtteil Heppens.

Endlich konnte Dora sich in der guten Stube, die relativ groß war und nur an den Festtagen benutzt wurde, eine Näh-Ecke mit einer neuen Maschine und einem Ausziehtisch einrichten. Jetzt brauchte sie nicht mehr alles am Küchentisch zuschneiden und wegen der gemeinsamen Mahlzeiten auch nicht wieder wegräumen, was sehr lästig war.

Wenn ihr jüngster Sohn morgens in der Schule war, hatte sie Zeit zum Nähen. Meist waren es Kleider und Röcke der Nachbarinnen, die sie modernisierte, auf die kürzere, modische Rocklänge umnähte.

Das Straßenkostüm mit einem engen, relativ kurzen Rock hatte sich in den meisten Städten durchgesetzt. Dazu gehörte eine hochgeschlossene, seidige Bluse mit langen oder kurzen Ärmeln.

Die sportlichen Freundinnen ihrer ältesten Söhne ließen sich bei Dora zum Fahrradfahren einen modischen Hosenrock nähen, der in den Modezeitschriften dafür angepriesen wurde.

Auch die Frisuren änderten sich. Kurzes, lockiges Haar durfte in die Stirn fallen. Längeres Haar sollte seitlich hochgebürstet und mit einem Kamm festgesteckt werden.

In den Sommerferien 1940 fuhr Dora mit ihrem jüngsten Sohn ins Allgäu, zu ihrem Cousin Albert. Sie hatte die vielen Luftangriffe in Wilhelmshafen satt, wollte nicht mehr bei dem grässlichen Sirengeheul im Eiltempo zum Bunker rennen, wollte endlich Ruhe haben und sich ein wenig bei den Verwandten erholen.

Doras Sohn fühlte sich auf dem großen Bauernhof gleich heimisch, denn hier konnte er den ganzen Tag draußen herumtollen, auf Bäume klettern oder Spaziergänge mit dem Hofhund unternehmen.

Wenn die Tante Hühner und Schweine fütterte, durfte er mithelfen und die Eimer tragen.

Besonders toll fand er es, wenn Onkel Albert ihm erlaubte, mit dem neuen Lanz-Bulldog, der mit

Dieselöl betrieben wurde, ein paar Runden auf dem Hof zu drehen.

Als die Ferien zu Ende gingen, wollte der Junge lieber auf dem Hof bleiben, aber Dora bestand darauf, dass er mit nach Hause fuhr. Schließlich musste er ja weiter zur Schule gehen.

Zu Weihnachten gab es in diesem Jahr für die Familie ein besonderes Fest. Am Heiligen Abend feierten Dora und Friedrich gemeinsam mit den Söhnen, Schwägerin Frieda und Bruder Karl ihre Silberhochzeit. Zu diesem Anlass hatte sich Friedrich einen neuen Anzug mit einer Weste und die Hose mit einem modischen, fünf Zentimeter breiten Aufschlag genäht.

Am linken Revers befestigte er seinen Orden und das Parteiabzeichen.

Dora hatte lange überlegt, was sie anziehen sollte. Nachdem sie ein paar Kleider nach ihren Vorstellungen aufgezeichnet hatte, entschloss sie sich für ein knöchellanges Kleid mit einem Glockenrock. Als Stoff sollte es Samt sein, den sie sich bei Leffers, zusammen mit einigen Zutaten, kaufen wollte. Eine Überraschung für Friedrich, da sie wusste, dass er Samt liebte.

Während ihr Mann auf der Arbeit war, schnitt sie das Kleid zu und nähte es. An den Ärmelbündchen und am Kragen kam eine kleine Silberborte. Den Rest der Borte wollte sie als Kette für das Mutterkreuz benutzen, dass Frauen verliehen bekamen, die mehr als drei Kinder hatten. Das Kreuz würde auf dem dunkelblauen Samt gut zur Geltung kommen.

Dora war immer sparsam, aber ein schönes Silberhochzeitsfoto mit ihren Mann in einem Fotoatelier musste einfach sein, egal ob es Heiligabend oder ein anderer Tag war.

Ab Januar arbeitete Friedrich im Auftrag der Wehrmacht als Aufseher. Er reiste im ganzen Land umher und kontrollierte die Uniform-Fabriken. In den Wochenschauen der Kinos waren Szenen von Propaganda zu sehen, die vom tausendjährigen Reich der Deutschen sprachen. Stolz berichtete Friedrich seiner Frau, dass die Wehrmacht die Sowjetunion angegriffen hätte. Doch die anfängliche Euphorie in der Familie legte sich bald, denn Dora hatte dauernd Angst um ihren Mann und ihre drei Söhne, die sich irgendwo an der Front befanden.

Wilhelm, der jüngste Sohn, wurde mit 14 Jahren zum Volkssturm einberufen um den Heimatboden zu verteidigen.

Dora verbrachte jetzt die meiste Zeit allein in der Wohnung und hoffte, dass ihre Söhne unversehrt aus dem Krieg zurückkämen.

Sie nähte für die Nachbarfrauen aus alten Kleidern neue, die mit einem gekauften weißen Kragen oder mit selbstgehäkelten Spitzen verschönert wurden.

Vom Lohn kaufte sie sich einen schönen Sommerstoff für ein neues Hemdblusenkleid.

Schade, dass es keine Seidenstrümpfe mehr gab, man wieder Söckchen anziehen musste.

Die Jahre vergingen und eines Tages hörte sie von einer Nachbarin:

„Die alliierten Streitmächte setzen im Westen zum

Sturm auf das Deutsche Reich an. Die Invasion in der Normandie wird das Ende des Hitler-Regimes und das Ende des schlimmen Krieges bedeuten."

„Woher willst du das alles wissen?", erkundigte sich Dora.

Hinter vorgehaltener Hand antwortete die Frau:

„Wir hören heimlich den englischen Radiosender!"

Am 8.Mai 1945 war der Zweite Weltkrieg tatsächlich zu Ende aber der europäische Kontinent völlig zerstört.

Über 50 Millionen Menschen waren gestorben, aber Friedrich und seine vier Söhne hatten Gott sei Dank überlebt.

So allmählich nahm das Leben wieder seinen normalen Verlauf. Die Söhne bekamen Arbeit, heirateten und Dora nähte nach eigenen Entwürfen schöne Brautkleider für die Schwiegertöchter.

Enkelsöhne und auch Enkeltöchter kamen auf die Welt, so dass Dora für die kleinen Mädchen, nach deren Wünschen, immer schöne Kleider nähte.

In den fünfziger Jahren waren Kostüme angesagt. Sie waren tailliert, oft mit kleinen Schößchen versehen und hatten enge Röcke. Um elegant auszusehen trugen die Damen an den relativ großen Revers Ansteckblumen und kurze Spitzenhandschuhe.

Hut, Handtasche und Schuhe mussten farblich zu einander passen.

Die neue Rocklinie von Christian Dior war so eng

geschnitten, dass die Frauen kaum laufen konnten, doch der mit Stoff unterlegte, rückwertige Schlitz gab den Damen die nötige Beinfreiheit und sein Erfinder erlangte damit Berühmtheit.

Neue Zeitschriften mit Vorschlägen und Schnittmustern versuchten Monat für Monat den modischen Sehnsüchten der Frauen gerecht zu werden. Das überall tragbare Chanel-Kostüm war Kragenlos, hatte die typisch bordierten Kanten, gerade eingesetzte Ärmel und ein oder zwei unauffällige Taschen, so dass es auch weniger begabte Frauen gut nach einem gekauften Schnittmuster nähen konnten.

Für die Jugendlichen beiderlei Geschlechts wurden neben den Capri-Hosen auch enge Jeans immer mehr gefragt. Manch ein Teenager setzte sich mit der neuen Jeans in die heiße Badewanne, damit sie einlief und die Beine fest umschloss.

Für die Frauen gab es als Freizeitkleidung lange Stoffhosen, kombiniert mit lockeren Pullovern oder einem Twinset. Allerdings war diese Beinkleidung im Beruf nicht schicklich.

In der Industrie wurden zunehmend Kunststoff-Materialien hergestellt, die ihren Einzug in die Bekleidungsindustrie hielten.

Viele der weißen Herrenhemden waren jetzt nicht mehr aus Baumwolle oder Seide, sondern aus einer chemischen Faser und zwar aus Nylon, das die Pflege enorm erleichterte. Schnelles Trocknen, kein Bügeln, aber auch keine Luftdurchlässigkeit war angesagt.

„Nach einer halben Stunde habe ich das Gefühl, ich ersticke darin", meinte Friedrich, nachdem Dora ihm auch so ein Hemd bei Leffers gekauft hatte.

„Ich werde lieber bei meinen altmodischen Baumwollhemden bleiben!", war seine Überlegung.

In Sachen Bademode gab es auch eine neue Erfindung. Ein kleiner Zweiteiler mit Namen Bikini kam in die Kaufhäuser.

Ältere Menschen und besonders die Priester der katholischen Kirche fanden den Zweiteiler sehr unanständig, was die jungen Frauen allerdings nicht davon abhielt, sich einen modischen Bikini zu kaufen.

Mit 65 Jahren wurde Friedrich Rentner, brauchte nicht mehr zur Arbeit, nicht mehr zum Marinebekleidungsamt gehen.

Im Winter stand er als Erster auf, ging in die Küche und zündete das Reisig im Herd für ein Feuer an, das weiter mit Eierkohlen gefüttert wurde.

Dann öffnete er den Vogelkäfig, vor Jahren hatte Dora sich einen Wellensittich gekauft, und ließ ihn ins Schlafzimmer fliegen.

Der Vogel setzte sich aufs Kopfkissen und zupfte so lange an Doras Haaren, bis sie aufstand, den Morgenmantel anzog, in die Küche ging und das Frühstück zubereitete. So begannen die Tage immer mit guter Laune.

Je nach Wetterlage gingen die beiden nachmittags Im Stadtpark spazieren oder spielten „Mensch ärgere dich nicht", wobei Friedrich meistens verlor, weil Dora oft und gerne mogelte.

Heilig Abend 1965 war für die ganze Familie wieder ein besonderer Tag. Dora und Friedrich feierten ihre Goldene Hochzeit. Diesmal waren Verwandte, Bekannte und Freunde zur Feier in eine Gaststätte eingeladen. Alle konnten kommen, denn es war ein trockener und milder Wintertag. Für die kleineren Enkelkinder war der Tag nicht so schön, denn das Christkind brachte die ersehnten Geschenke erst am nächsten Tag.

Mit Hilfe der Schwiegertochter, die nur ein paar Straßen weiter wohnte, hatte sich Dora aus dunkelbraunem Samt das Hochzeitskleid genäht, denn auch im Alter interessierte sie sich immer noch für Mode.

Mit einer kleinen Goldkrone in den weißen, gelockten Haaren und der goldenen Halskette sah sie in ihrem langen Kleid sehr vornehm aus.

Friedrich trug seinen schwarzen Anzug, ein weißes Oberhemd, eine ockerfarbene Krawatte und am Revers ein Goldsträußchen.

In der Woche nach Weihnachten gingen beide zum Fotografen und ließen sich in ihrer Hochzeitskleidung ablichten, so dass ihre vier Söhne als Andenken an das schöne Fest ein Foto bekamen.

Als Dora in einer Zeitschrift den neuen Minirock sah, kreiert von der Engländerin, Mary Quant, fand sie ihn doch ein bisschen zu kurz, dabei hatte sie in der Charleston-Zeit selbst ziemlich kurze Röcke und Kleider getragen.

In der Wilhelmshavener Tageszeitung hatte sie auch nichts Gutes über die neue Mini-Mode gelesen, denn da stand:

‚Das entblößte Bein der Frau bedeutet die öffentlich zur Schau getragene Unmoral, den Untergang der traditionellen christlichen Werte'.

Doch trotz aller Unkenrufe setzte sich die kurze Rocklänge durch, denn der kurze Rock und die Mini-Kleidchen begeisterten Mädchen und junge Frauen in ganz Europa.

Die jungen Männer wollten stattdessen aussehen wie ihre Idole. So wurden die langen Haare der „Beatles" ein unverzichtbares Detail, was die ältere Generation geradezu abschreckte.

Friedrich ärgerte sich auch über die Mode der Schlaghosen, die jetzt meistens aus Trevira oder Diolen - eine synthetische Textilfaser aus Polyester - gearbeitet waren. An den Hüften lagen sie eng an und zum Saum hin waren sie weit ausgestellt.

Dazu trug man Schuhe mit Plato-Sohle, die besonders bei kleineren Menschen gut ankamen.

„Ist nur was für junge Männer. Unser eins sieht damit aus wie ein Kasper", meinte er vorwurfsvoll!"

Nach einer Blasenoperation im Frühjahr 1968, von der sich Friedrich nicht mehr erholt hatte, war er friedlich eingeschlafen.

Er war stets ein lieber, gutmütiger und sehr bescheidener Mann gewesen, hatte nie geraucht und nur ab und zu ein Schnäpschen getrunken. Seine Familie so wie seinen Beruf als Schneider hatte er geliebt.

Dora lehnte es strikt ab, bei der Beerdigung Trauerkleidung zu tragen und bestand darauf:

„Wenn ich einmal sterbe, braucht ihr auch kein

Schwarz tragen. Ich finde diese Farbe schrecklich!"

Drei Jahre später wurde Dora im Herbst schwerkrank, konnte das Bett nicht mehr verlassen und starb am 11.11., einen Tag nach ihrem 85. Geburtstag.
Dora war eine starke Frau, die im Krieg oft gehungert hatte, damit ihre Kinder genügend zu Essen bekamen.
Sie liebte ihre Söhne und sie liebte ihren Friedrich.

In jungen Jahren hatte sie sich als gelernte Damenschneiderin sehr früh selbstständig gemacht, was als alleinstehende Frau zu der Zeit relativ ungewöhnlich war, aber Fantasie, Geschick und der erfolgreiche Umgang mit den Kunden hatten ihr stets Recht gegeben.

*

Der Sohn, Karl der Große

Der erstgeborene Sohn, mit zweiten Namen Eduard, kam drei Wochen zu früh, am 12. November 1918, in der Frauenklinik in München, auf die Welt.

Ein ruhiges, liebes Kind, das alle anlächelte, die sich über sein Bettchen beugten und das waren meistens Frauen, Kundinnen seiner Mutter, für die sie neue Kleider entwarf und nähte.

Als der Kleine ein halbes Jahr alt war, so eben sitzen konnte, fuhr Mutter Dora mit ihm in ein nahe gelegenes Fotoatelier.

„Mit seinen großen braunen Augen, dem weißen Spitzenkleidchen und dem dünnen braunen Perlenarmband sieht er fast wie ein Mädchen aus", meinte der Fotograf begeistert und setzte den Kleinen auf ein fellbezogenes Kissen. Das Ergebnis seiner Arbeit war mehr als zufriedenstellend für Dora.

Ehemann Friedrich, der zu der Zeit in Wilhelmshaven arbeitete, freute sich sehr über das Foto seines Sohnes. Er fand es nicht schlimm, dass der Kleine eher wie ein Mädchen aussah, denn eigentlich hatte er sich eine Tochter gewünscht.

Im Mai des nächsten Jahres zog Dora mit dem Kleinen von München zu ihrem Friedrich nach Wilhelmshafen.

Als Karl eineinhalb Jahre alt war, bekam er ein Brüderchen. Jetzt stand er nicht mehr im Mittelpunkt. Eifersüchtig beobachtete er den kleinen Bruder.

An seinem zweiten Geburtstag fuhr Mutter Dora wieder mit Karl zu einem Fotografen.

Vater Friedrich hatte für das Kind einen warmen Wintermantel und Mutter dazu einen hellen Pelzkragen und eine Pelzmütze genäht, so dass er fast wie ein kleiner Russe aussah.

Im Frühling des nächsten Jahres bekam Karl erneut ein Brüderchen. Jetzt war richtig Rummel in der Wohnung, denn immer stellte irgendeiner etwas an, so dass Mutter Dora spät abends völlig erschöpft ins Bett fiel.

Nach der mehrjährigen Inflationszeit war der Banknotenkurs im Jahr 1925 wieder stabil und der wirtschaftliche Aufschwung sogar für Mutter Dora spürbar, denn die Frauen aus der Nachbarschaft ließen sich bei ihr endlich wieder neue Kleider nähen.

In Karls Geburtsstadt München erschien der Roman „Jud Süß" von Lion Feuchtwanger, der das Leben des historischen Hof-Juden Josef Süß-Oppenheimer als literarische Vorlage benutzt hatte.

Zur gleichen Zeit erschien auch Hitlers Buch „Mein Kampf" und erregte noch mehr Aufsehen, denn es enthielt viele pseudowissenschaftliche Lehrmeinungen und auch politische Wunschvorstellungen der neuen Ideologie.

Karl, der Große, machte sich auch zum Kampf bereit, denn er musste ab dem 1. April 1925 zur Schule gehen.
Weil Mutter immer alles im Foto festhielt, reichte das Gruppenbild mit Lehrerin nicht aus. Ein Fotograf musste eine zusätzliche Aufnahme vom Schuljungen

mit seinem Ranzen machen.
Karl lernte fleißig, war ein guter Schüler. Erst wenn die Hausaufgaben fertig waren, durfte er mit seinen Brüdern spielen.

Manchmal liefen sie gemeinsam zum Bahnhof, legten sich nahe an die Gleise und warteten, bis ein Zug vorbeifuhr, damit sie vom Ruß der Lock ganz schwarz im Gesicht wurden.
Dann rannten sie hinter irgendwelchen Leuten her und erschreckten sie, indem sie vor ihnen Negertänze aufführten und lauthals lachten. Wenn sich jemand aus der Nachbarschaft über sie beschwerte, gab es von Mutter Dora eins hinter die Ohren.

In den Sommerferien dufte Karl mit seiner Mutter und den Brüdern zur Oma nach Bayern fahren. Die lange Reise mit der Eisenbahn war sehr spannend. Besonders die Sicht auf die hohen Berge der Alpen, die eine weiße Schneespitze hatten, war ein Erlebnis für die Kinder, da sie bisher nur die flache Küstenebene und die Nordsee kannten.
Oma war begeistert von den Buben, die in den von Mutter genähten Matrosenanzügen mit kurzen Hosen sehr gut aussahen.
Natürlich wollte Oma auch ein gemeinsames Foto mit allen. Nach vielen Überredungskünsten stellten sich die Jungen notgedrungen in Positur, machten aber dabei ein Gesicht wie sieben Tage Regenwetter.

Ostern 1928 kam Karl zur Kommunion. Aus Sparsamkeit wurde der ein Jahr jüngere Bruder Fritz gleich mit zur Kirche geschickt.

Dora hatte für die Kinder Anzüge mit einem weißen Einsteck-Kragen genäht und als Geschenk bekam jeder ein Gebetbuch und einen Rosenkranz.

Wenn Vaters Bruder Karl mit seiner Frau Frieda zu Besuch kam, erkundigte sich die Tante meist bei dem Jungen:
„Na, mein Großer, was willst du denn später mal werden?"
Karl antwortete jedes Mal das Gleiche:
„Entweder werde ich genau wie mein Vater Schneider oder Pilot bei der Lufthansa."
Die Fliegerei war ein Traum von Karl und der amerikanische Pilot, Charles Lindbergh, sein großes Vorbild. In der Zeitung hatte er über dessen Nonstopflug von New York nach Paris gelesen, den dieser alleine in dreiunddreißig Stunden bewältig hatte.
Karl liebte aber auch modische Hosen und Jacken, die der Vater, meistens aber die Mutter für ihn nähte. Seine Brüder hatten das Pech, dass sie oft seine Kleidung nachtragen mussten.

Im Sommer 1930 bekam Karl noch ein Geschwisterchen. Leider wurde es wieder kein Mädchen wie alle inständig gehofft hatten.
Mutter war jetzt den ganzen Tag mit dem Baby beschäftigt und Vater natürlich auf der Arbeit.
Also trieben sich die großen Buben am Nachmittag, wenn das Wetter gut war, am Südstrand oder im Hafen herum, wo es immer reichlich zu sehen und spannende Sachen zu entdecken gab.
Über 7 Brücken musst du gehen, nein damals wie

heute gab und gibt es nur fünf Brücken in Wilhelmshafen. Eine davon ist Deutschlands größte Drehbrücke aus Stahl, die „Kaiser-Wilhelm Brücke".

Trotz Verbotsschilder galt sie im Sommer als eine Art Sprungturm, von dem die Jungen ins Hafenbecken sprangen. Sie durften sich nur nicht vom Brückenwärter erwischen lassen, der für die Durchfahrt der Schiffe zuständig war.

Nach acht Jahren Volksschule konnte Karl seinen Traumberuf als Pilot doch nicht ergreifen.

Auf Drängen seiner Eltern begann er im April 1933 eine Schneiderlehre in der Gemeinde Zetel, südwestlich von Wilhelmshafen. Wie es damals immer noch üblich war, wohnte er bei seinem Lehrherrn und kam nur sonntags nach Hause.

Karl war ein fleißiger und begabter Lehrjunge, so dass ihm auch alle Arbeiten leicht von der Hand gingen.

Nach drei Jahren bestand er die Abschussprüfung mit „Gut".

Stolz wie Oskar präsentierte er das Gesellenstück seinen Eltern: einen zweireihigen Anzug mit Einstecktuch. Als modebewusster Mann trug er dazu eine passende Krawatte und einen hellen Hut mit Krempe.

Modern waren auch dünne Pullover mit Längsmuster, die man bei kühler Witterung über das Oberhemd zog.

Der Lehrherr mochte Karl und meinte:

„Du hast das Schneidertalent bestimmt von deinen Eltern geerbt."

Als sein fleißiger Geselle nach zwei Jahren kündigte, war der Meister traurig. Doch damals, wie auch heute, bekam ein Schneider einfach zu wenig Lohn für seine Arbeit.

Als die Luftwaffe in Jever Bodenpersonal suchte, ergriff Karl die Chance um seinem Traumberuf näher zu kommen. Es war ein gutbezahlter Job mit schicker Uniform und genügend Urlaub.

Endlich konnte er mit seinen Freunden ausgehen oder ein Mädchen ins Kino einladen.

Er liebte die deutschen Filme mit den Stars wie Zarah Leander, Heinz Rühmann, Grete Weiser und besonders Hans Albers oder auch amerikanische Filme mit Cary Grant und Katharine Hepburn.

Während Hans Albers 1939 „Goodbye Jonny" sang, sagte Karl zu Hause Goodbye, denn als Soldat zwang ihn der Krieg nach Frankreich. Anschießend musste er nach Polen und 1942 nach Russland.

Für die eisige Kälte bekamen die Soldaten der Luftwaffe einen Overall gestellt, der innen dick mit Fell gefüttert war.

Im Januar 1943 heulten plötzlich die Sirenen auf dem Stützpunkt.

Dauerton…!

Die Soldaten auf dem kleinen Fliegerhost in Russland, nahe der deutschen Grenze, versuchten die teuren Maschinen in Sicherheit zu bringen.

Andere rannten um ihr Leben, rannten zum Unterstand.

In dem Moment explodierte eine Bombe mitten auf dem kleinen Rollfeld, zerriss die Flugzeuge, wirbelte die flüchtenden Soldaten durch die Luft und zerfetzte sie.

Der starke Luftdruck schleuderte Karl gegen die Hangar-Wand und presste ihn anschließend zu Boden. Herumfliegende, scharfkantige Metallsplitter trafen sein Bein, trafen seinen linken Arm. Ein entsetzlicher Schmerz durchfuhr ihn. Überall quoll Blut hervor und er verlor das Bewusstsein. Kameraden schleppten den Verwundeten ins Lazarettzelt.

In dem Moment, wo der Arzt die Knochensäge ansetzte, kam er wieder zu sich.

„Der Arm muss sofort amputiert und vernäht werden."

Geschockt sah Karl zu, wie sich die Säge langsam durch den Knochen fraß und verlor erneut das Bewusstsein. Die Wunde am Bein wurde auch genäht.

Tagelang hatte er hohes Fieber und fantasierte dauernd. Schließlich wurde er zusammen mit anderen schwerverletzten Soldaten in die Heimat geflogen und kam ins Krankenhaus nach Oschatz. Die Stadt lag westlich der Elbe, zwischen Leipzig und Dresden, in der Nähe von Halle.

An Karls Eltern wurde eine Nachricht geschickt. Voller Angst und Sorge besuchten sie eine Woche später ihren Sohn.

„Ach Junge, ist gar nicht so schlimm. Mit einem Arm lässt es sich auch leben." Zaghaft versuchte Mutter Dora ihren Sohn aufzumuntern. Doch Karl war mit seinen fünfundzwanzig Jahren psychisch am Ende und stöhnte:

„Wie soll ich später meinen Beruf ausüben? Und eine Frau…?"

Missmutig zeigte er auf den fehlenden Arm, schüttelte den Kopf und murmelte:

„So will mich bestimmt keine haben!"

„Ich will dich haben. Werd' erst mal gesund, das andere findet sich von alleine", meinte Dora tröstend. „Mutter hat Recht. Sollst sehen, es wird schon!" Liebevoll strich Friedrich seinem Sohn die Haare aus der Stirn.

Als kleinen Trost bekam Karl ein Foto von Mutter Dora auf den Nachttisch gestellt. Es dauerte jedoch Monate, bis er sich einigermaßen erholt hatte.

Im Sommer fuhr Karl mit dem Zug von Oschatz über Leipzig nach Halle und hoffte, dass der Zug unterwegs nicht bombardiert wurde.

In der Stadt besuchte er seinen Bruder Hermann, der in der Genesungskompanie als Koch arbeitete und ihm erklärte:

„Konnte meinen Job nicht mehr machen. Man hat mir vor einem Jahr die Zehen amputiert. Mit orthopädischen Schuhen habe ich hier wieder laufen gelernt."

„Wie ist das denn passiert", erkundigte sich Karl mitleidig.

„Das geschah ohne Vorwarnung. Bin wohl mit dem Panzer auf eine Mine gefahren. Der Druck der gewaltigen Explosion hat das Vorderteil angehoben, um dann wieder krachend zurück auf die Erde zu fallen. Herumfliegende Teile trafen die Kameraden im Ausguck. Ich war geschockt, fühlte erst Sekunden später einen Schmerz und schrie auf.

Panisch versuchte ich aus dem Panzer herauszukommen. Zwängte mich durch die enge Luke nach oben, kletterte rasch hinunter und kroch hinter den Panzer. Wusste ja nicht, was noch kam."

Hermann holte tief Luft und erzählte dann weiter:

„Unter größter Anstrengung robbte ich weiter durch den teilweise gefrorenen Schnee bis zu einem größeren Busch. Stand auf, weil ich zu einer zehn Meter entfernten Baumgruppe rennen wollte um dort etwas mehr Schutz zu suchen. Doch stattdessen fiel ich vornüber, weil meine Füße keinen Halt fanden. Ich rollte mich auf die Seite und setzte mich mühsam auf. Erst jetzt bemerkte ich, dass die Stiefelspitzen zerquetscht waren und Blut heraus lief. Ich versuchte die Stiefel auszuziehen, schaffte es aber nicht. Durch das Robben war Schnee eingedrungen. Die eisige Kälte hatte ihn zu einem Klumpen festgefroren. Hinterher hat man mir gesagt, dass es zu der Zeit in Ostpreußen so um die vierzig Grad kalt gewesen ist.

Überwältig vom Schmerz habe ich in einer Tour geschrien. Kameraden vom Sanitätswagen haben mich aufgeladen und hinter der Front in ein Feldlazarett gebracht, wo mir die verfrorenen und zerquetschten Zehen abgenommen wurden."

„Da hast du ja ganz schön was mitgemacht!"

„Das kannst du wohl laut sagen. Vier Wochen später wurde ich vom Luftwaffenstützpunkt nördlich von Königsberg zum Fliegerhorst ins Vogtland gebracht und von dort ins Lazarett nach Plauen, weil die Wunden nicht heilten. Inzwischen ist fast ein ganzes Jahr vergangen und es geht mir hier in Halle wieder einigermaßen gut. Allerdings träume ich manchmal, dass ich bei einem Angriff nicht aus dem Panzer heraus komme, bei lebendigem Leib verbrenne."

„Das kann ich gut verstehen. Der Schock sitzt tief. Ich habe auch noch ab und zu Albträume, wache schweißnass auf, weil mein Arm weh tut, den es ja nicht mehr gibt und kann nicht wieder einschlafen."

Karl umarmte Hermann und etwas sarkastisch meinte er:

„Scheiß Krieg, was wohl demnächst unserem Bruder Fritz fehlt?"

Fritz hatte sich 1939 wegen der besseren Bezahlung auch bei der Wehrmacht gemeldet und wurde als Funker ausgebildet. Er kam nach Frankreich, hatte Glück, dass die Funker-Bude oft weit hinter der Front lag. Gegen Ende des Krieges wurde er nach Russland versetzt und kam in Gefangenschaft. Keiner von der Familie wusste, wo er geblieben war.

Im Juni 1948 stand er halb verhungert, aber ohne irgendwelche Verletzungen bei seinen Eltern in Wilhelmshafen vor der Tür.

Und Wilhelm? Der ging auf eine Aufbauschule, eine Art Gymnasium. Im Januar 1945 musste die Schule geräumt werden. Die Jungen wurden eingekleidet, bekamen graue Uniformen.

Dann transportierte man sie ins Wehrertüchtigungslager der Hitler-Jugend, eine Vorstufe für die Rekrutenausbildung. Sie kamen nach Bant, einem Stadtteil von Wilhelmshafen.

Durch tägliche Schießübungen sollten sie in kürzester Zeit kampffähig gemacht werden um die Verluste an der Front auszugleichen und um den Schein aufrecht zu erhalten; dass der längst verlorene Krieg doch noch zu gewinnen sei.

Als die Übungen nach vier Wochen beendet waren,

hatten die Jungen Glück, brauchten nicht an die Front, wurden aber als Bunkermelder verpflichtet, sodass sie ohne Schaden den Krieg überstanden.

Als Karl in Oschatz aus dem Krankenhaus nach Wilhelmshaven entlassen wurde, fertigte ihm der ortsansässige Orthopäde einen Holz-Arm an, den er mit Riemen befestigen konnte. Nur langsam gewöhnte er sich daran, verzichtete aber in der Wohnung darauf.

Der künstliche Arm war sehr schwer und scheuerte am Armstumpf. Sich alleine anzuziehen war fast unmöglich. Mutter Dora half ihm in der ersten Zeit. Aber so nach und nach wurde Karl erfinderisch und schaffte es sogar, die Knöpfe am Oberhemd zuzumachen. Sein trockener Humor half ihm über so manche Hürde hinweg.

„Weißt du was? Wir machen ein Foto", sagte Mutter Dora eines Sonntags.

„Du kannst dich an Hand des Bildes selbst überzeugen, dass du auch ohne Arm gut aussiehst. Zieh deine Ausgehuniform an. Ich stelle einen Stuhl vor die Haustür, setze mich drauf und du stellst dich ein wenig hinter mich!"

„Eine prima Idee", meinte Vater Friedrich und holte die Kamera.

Auf dem ersten Blick sah man tatsächlich nicht, dass Karl einen künstlichen Arm hatte. Außerdem trug er zur Flieger-Uniform meistens schwarze Lederhandschuhe.

Einige Zeit später wurde Karl nach Quakenbrück versetzt. Dort musste er als gelernter Schneider die

Uniformfabrik der Luftwaffe beaufsichtigen. Aus den Erzählungen seiner Mutter wusste Karl, dass sein Vater zu Anfang des Ersten Weltkriegs eine ähnliche Arbeit hatte.

Und so nach und nach konnte er akzeptieren, dass sein linker Arm fehlte. Es blieb ihm ja auch nichts anderes übrig.

Karl lernte neue Freunde kennen und fuhr mit ihnen sonntags nach Osnabrück ins Kino.

Einmal saßen in seiner Reihe auch Elisabeth und ihre Schwester Luise mit Freund, ein lustiger Rheinländer, der in der Gegend stationiert war.

In der Pause unterhielten sie sich mit Karl, der neben Elisabeth saß, über den Film, der 1943 gedreht worden war. Karl fand Brigitte Horney gut, während die jungen Frauen natürlich Hans Albers anhimmelten.

„Watt hat de Jung denn zo bede? Lourd us an, do hatt ihr watt reellet", meinte Luises Freund in seinem rheinländischen Dialekt.

Alle lachten, fanden sich sympathisch und verabredeten sich für den nächsten Sonntag. Die vier jungen Leute gingen oft im Osnabrücker Schlosspark spazieren, gingen Kaffeetrinken oder zusammen ins Kino.

Karl verliebte sich in Elisabeth, nannte sie Lisa und schrieb seiner Mutter:

„Ich habe in Osnabrück ein nettes Mädchen kennengelernt."

Bei Elisabeth auf dem großen Bauernhof wurde sie nur von allen Lisbeth genannt. Dort war nach ihren

Erzählungen die Freude über den neuen Freund nicht sehr groß.

„Ein armer Schneider? Unmöglich!"

Aber er ist nett!", meinte Elisabeth und trotzig sagte sie:

„Auf den Höfen in der Umgebung sind doch fast alle jungen Männer gefallen. Wen soll ich denn hier kennenlernen!"

Frau Tübben, bei der sie in Osnabrück als Hauswirtschafterin angestellt war, gab ihr oft sonntags frei, damit sie sich verabreden konnte. Statt in der Stadt, traf sie sich auch manchmal mit ihrem neuen Freund in Quakenbrück.

Karl zog dann seine Ausgehuniform an, holte Lisa vom Bahnhof ab und sie spazierten Arm in Arm durch die Stadt. Anschließend saßen sie bei Kaffee und Kuchen im Café und erzählten sich etwas aus ihrem Leben.

Die Zeit verging immer viel zu schnell, so dass Karl seine Lisa wieder notgedrungen zum Zug bringen musste, der die Strecke nach Osnabrück bislang immer ohne feindliche Angriffe befahren konnte.

Doch an einem der Sonntage, an dem gegen Abend völlig klare Sicht herrschte, kam plötzlich die Durchsage:

„Feindliche Tiefflieger im Anflug!"

Da der Lockführer ihnen nicht entkommen konnte, stoppte er den Zug.

Schreiend und schubsend rannten die Menschen hinaus, legten sich hinter den Bahndamm, drückten sich flach auf die Erde.

Maschinengewehre ratterten, schossen auf alles, was sich bewegte.

Lisa kam nicht mehr aus dem Zug heraus. Entsetzt lief sie zurück in den Gang, kroch bebend unter die nächste Sitzbank, wagte fast nicht zu atmen. Dann knallte es fürchterlich. Mehrere Schüsse waren durchs Fenster gekommen. Die kleinen Granaten der Bordkanonen explodierten im Sitzpolster wo Lisa eben noch gesessen hatte. Sie zuckte zusammen, kniff angstvoll die Augen zu und drückte ihre zitternden Hände auf die Ohren. Dann... Ruhe!

Als sie die Augen wieder öffnete, war der Innenraum des Abteils mit Glassplitter übersät, denn durch den Druck der Detonation waren etliche Fensterscheiben entzwei gegangen.

Kurz darauf drehten die Flieger um. Sie hinterließen Tote und Verwundete, die vom Zugpersonal notdürftig versorgt wurden, während sie die Toten in einen extra Wagon legten.

So nach und nach stiegen die verschreckten Fahrgäste wieder ein, putzten die Glasscherben von den Sitzen und schoben sie mit den Füßen unter die Bänke.

Immer noch zitternd nahm Lisa neben einem alten Herrn Platz, der sie zu beruhigen versuchte und ihr erklärte:

„Das Tieffliegen dient dazu, die Entfernung zum Ziel wegen der Treffsicherheit zu verkürzen. Die deutschen Flieger machen es in den anderen Ländern genauso, allerdings kann es passieren, dass sie dadurch auch eher abgeschossen werden."

„Scheiß Krieg! Ich hoffe, er ist bald vorbei!", antwortete Lisa.

Erst gegen Mitternacht kam sie in Osnabrück an.

Hier hatten die britischen Flieger hauptsächlich die Altstadt bombardiert.
Der Angriff hatte nur 14 Minuten gedauert. 22.000 Personen waren obdachlos geworden. 145 Menschen wurden erschlagen oder durch Phosphorbomben verbrannt. Die Osnabrücker Altstadt wurde fast ganz zerstört.

Karl hoffte auch, dass der unselige Krieg bald zu Ende sein würde, denn er hatte sich vorgenommen, seine Lisa im nächsten Jahr zu heiraten. Deshalb gab es Heilig Abend 1944 eine Verlobung neben dem mit viel Lametta geschmückten Tannenbaum.

Eine Bekannte von Karl, die in der Kaserne Küchendienst hatte, stellte den beiden ihre kleine Wohnung zur Verfügung. Sie schlief bei einer Freundin, damit Lisa über Nacht bei ihrem Verlobten bleiben konnte.

Wenn Lisa ihn fragte, was er nach dem Krieg machen wolle, antwortete Karl meistens:

„Ich weiß nicht ob ich meinem Beruf mit einer Hand ausüben kann. Mal abwarten, was sich so ergibt."

Gegen Ende des Krieges kam Karl mit dem Fahrrad nach Osnabrück. Er war aus Quakenbrück desertiert, hielt es dort ohne seine Lisa nicht mehr aus.
Die junge Frau nahm ihn mit zu ihren Eltern auf den Bauernhof. Mutter und Vater waren von dem Schwiegersohn nicht begeistert.

„Soeuk die lierwer een van denn Buurnsührnen", de denn Kriech owerlefft hätt"; meinte der Vater, als sich Karl später verabschiedet hatte und weiter über Feld- Wiesen- und Waldwege nach Hause, nach

Wilhelmshafen fuhr.

Nach Eintreten des Waffenstillstandes am 8. Mai 1945, bedingungslose Kapitulation der gesamten deutschen Wehrmacht, war der Zweite Weltkrieg, das „1000 jährige Reich", das gerade mal sechs Jahre gedauert hatte, zu Ende.

Karl musste für drei Wochen ins englische Gefangenlager nach Roffhausen bei Schortens, sechs Kilometer westlich von Wilhelmshafen. Anschließend bekam er seine Entlassungspapiere und konnte durch Beziehungen eine Arbeitsstelle als Laufbursche bei der Stadt bekommen.
Er schrieb seiner geliebten Lisa viele Briefe. Die junge Frau aber war im Zwiespalt, einerseits mochte sie Karl, anderseits hatte ihr Vater Recht. Konnte Karl, als zukünftiger Ehemann, mit einem Arm eine Familie ernähren.
Nach einiger Zeit kam für Lisa ein Brief von Karls Mutter. Sie schrieb, dass der arme Junge vor lauter Liebeskummer ganz mager geworden wäre und dass sie, Lisa, schuld sei an seinem Elend sei.
Ihr Sohn hätte während der ganzen Jahre einen Teil seines Soldatenlohns gespart, deshalb brauche die Verbindung des Geldes wegen nicht zu scheitern.
Lisa hatte Mitleid, außerdem fehlte er ihr. Unter Protest der Eltern packte sie schließlich den Koffer, verließ den Bauernhof und fuhr mit dem Zug nach Wilhelmshafen.

„Ihre Fahrkarte gilt aber nur bis Sande, Fräulein. Ohne Genehmigung lassen die Engländer keinen

Deutschen durch das Sperrgebiet fahren. Ist wegen der Gefangenenlager." Der Schaffner beugte sich zum Fenster und zeigte auf die weit entfernten, eingezäunten Holzbaracken.

Aussteigen konnte und wollte Lisa nicht. Als der Schaffner endlich in der Gegenrichtung verschwand stand sie auf, strich ihren Rock glatt und angelte mit der rechten Hand ihre Tasche aus dem Gepäcknetz. Mit der anderen Hand schob sie unauffällig ihren kleinen Koffer hinter die große Reisetasche eines älteren Herrn. Dann marschierte sie zur Tür und verschwand eilig auf die Toilette. Sie verriegelte die Tür und hoffte, dass es keiner mitbekommen hatte.

Gott sei Dank wurde die Toilette nicht kontrolliert und so kam sie mit wildklopfenden Herzen in Wilhelmshafen an.

Karl und der zukünftige Schwiegervater erwarteten sie am Bahnsteig. Überglücklich nahm Karl seine Lisa in den Arm.

Gemeinsam gingen sie durch den Stadtpark zur Wohnung, wo Lisa von Schwiegermutter Dora empfangen wurde.

Dora war vom Erscheinungsbild der jungen Frau angenehm überrascht. Sie hatte eine einfache, derbe Bauersfrau erwartet, doch stattdessen stand eine gut gekleidete, hübsche junge Frau vor ihr.

Nachdem vier Wochen vergangen waren bestellte das junge Paar das Aufgebot.

Karl heiratete seine Lisa am 1. September 1945. Am Abend vorher banden Mutter Dora und Bruder Wilhelm heimlich einen Tannenkranz und befestigten ihn vor der Wohnungstür.

Dora hatte der Schwiegertochter ein hübsches

Brautkleid aus Spitzengardinen genäht und einen langen Tüllschleier besorgt.

Weil alle am Nachmittag zu Fuß zur kirchlichen Trauung gehen mussten, zog Lisa ihr Brautkleid erst in der Sakristei an, während Karl in seiner Luftwaffenuniform erschienen war.

Leider konnte niemand aus Lisas Familie an der Hochzeit teilnehmen. Trotzdem wurde es ein schönes Fest. Dora hatte einen großen Rhabarberkuchen gebacken, allerdings ohne Sahne, denn die gab es zu der Zeit nicht.

Das junge Paar schlief im Wohnzimmer auf dem Ausziehsofa. Es war zwar ein bisschen eng, aber daran störten sich die beiden nicht.

Karl und sein Vater mussten immer früh aufstehen um pünktlich zur Arbeit zu kommen.

Lisa dagegen verbrachte die Tage mit der Schwiegermutter, half beim Saubermachen und ging für sie einkaufen.

Vor jedem Geschäft standen die Menschen Schlange. Alle hatten Hunger. Kartoffeln konnte man nur ganz selten bekommen und wenn, dann höchstens ein Pfund für die ganze Familie.

Brot, Butter und etwas Fleisch, meistens Pferdefleisch, gab es nur auf Lebensmittelkarten.

Deshalb alberten Karl, Hermann und auch Wilhelm manchmal beim Essen herum, scharrten mit den Füßen.

„Hört sofort mit dem Unsinn auf, sonst isst das Mädel wieder nichts!"

Vater Friedrich sorgte sich um Lisa, die immer dünner wurde. Aber wie sollte man von Wassersuppe und morgens und abends eine Schnitte Brot mit Margarine dicker werden?

Karl entschloss sich angeln zu gehen, brachte Fische und kleine Aale mit, die gebraten für alle ein Festessen waren.

Lisa gruselte sich jedoch vor den kleinen gebratenen Schlangen und bekam keinen Bissen davon herunter. Die Aale verfolgten sie sogar öfters im Traum.

Sie saß in der Küche. Karl kam herein und gab seiner Mutter etliche frischgefangene Aale. Die glitschigen Dinger rutschten ihr aus den Händen und kringelten sich am Boden. Dora streute schnell etwas Mehl darüber und ergriff sie blitzschnell. Sie bohrte große Heftzwecken durch die Schwänze und befestigte die Aale am Küchentisch. Dann nahm sie das scharfe Brotmesser, schnitt ihnen die Köpfe ab, weidete sie aus und legte sie in die heiße Bratpfanne.

Die Aale wanden sich hin und her, drehten sich zu Lisa und versuchten herauszuspringen. Lisa sah die Viecher auf sich zukommen und schrie laut auf, so dass sie und auch Karl gleichzeitig wach wurden.

Vor Schreck war Karl fast aus dem engen Sofa-Bett gefallen, setzte sich dann aber auf, machte die kleine Stehlampe an und erkundigte sich bei Lisa:

„Tut dir was weh? Bist du krank?"

„Nein, nein... Hab nur schlecht geträumt!"

Lisa atmete ein paar Mal tief durch, versuchte sich zu beruhigen.

Tröstend nahm Karl seine Frau in den Arm und streichelte sie, bis sie wieder eingeschlafen war.

Als Karl am nächsten Morgen den anderen erzählte, warum seine Frau in der Nacht so laut geschrien hätte, lachten alle über den komischen Traum. Lisa aber schwor sich:

„Niemals werde ich Aale essen, eher verhungere ich!"

Damit wenigstens immer heißer Tee auf dem Herd stand, gingen Dora und Karl spät abends in den Stadtwald um Holz zu besorgen. Manchmal schnitten sie sogar Äste von den Bäumen ab. Das machten zu der Zeit alle Leute, man durfte sich nur nicht erwischen lassen.

Im Frühjahr 1946 wurde Lisa schwanger. Vor lauter Hunger aß sie sogar Salzheringe. Auch hatte sie Heimweh, sehnte sich nach dem Bauernhof, nach ihren Eltern.

Zu Hause, auf dem Hof, gab es immer genügend zu essen.

„Lass uns hinfahren, vielleicht können wir erst bei meinen Eltern wohnen? Es ist bestimmt besser für das Kind", schlug Lisa vor. Karl war damit einverstanden.

Lisas Eltern stellten dem jungen Paar ein Schlafzimmer zur Verfügung.

Mutter Anna kümmerte sich jetzt um den Haushalt und Lisa half den Brüdern bei der Landwirtschaft.

So gut es ging versorgte Karl die Tiere, denn Lisas Vater war inzwischen alt und kränklich, konnte nicht mehr mithelfen.

Karl hatte es nicht leicht mit seiner Schwiegermutter. Sie vergaß immer, dass er nur einen Arm hatte. Deshalb konnte er nicht den Garten umgraben und auch nicht die Mistkarre vom Schweinestall nach draußen schieben. Dabei gab Karl sich redlich Mühe, die anfallenden Aufgaben möglichst selbst zu erledigen.

Wenn überhaupt nichts klappte wurde er ungehalten, war mit sich und der Welt unzufrieden. Er kam sich dann nutzlos und überflüssig vor, sodass Lisa ihn trösten musste.

Tochter Margret kam im Dezember auf die Welt. Karl war überglücklich. Voller Stolz schrieb er zu Weihnachten: Liebe Eltern, ihr seid Oma und Opa geworden.

Im nächsten Jahr bekam Karl bei einer Firma in Osnabrück eine Arbeit, zu der er jeden Tag zwölf Kilometer mit dem Fahrrad hin- und zurückfahren musste, was besonders im Winter sehr beschwerlich war.

Wenn hoch Schnee lag, musste er zu Fuß ins Dorf gehen, um von dort mit dem Postbus in die Stadt und weiter mit der Straßenbahn bis zur Haltestelle vor der Firma zu fahren.

Im Sommer wurde der Bauernhof endlich an das öffentliche Stromnetz angeschlossen. Bisher mussten sie sich immer mit Petroleum-Lampen behelfen, was für Karl in der dunklen Jahreszeit unangenehm war, oft ein ungutes Gefühl in ihm auslöste. Lisas Brüder hatten ihm nämlich schaurige Geschichten erzählt, von denen er nicht wusste, ob sie womöglich der Wahrheit entsprachen.

Ende des Jahres gab es in England eine glanzvolle

Hochzeit. Prinzessin Elisabeth heiratete den Leutnant Philip Mountbatten. Lisa saß am Volksempfänger und lauschte verträumt der Berichterstattung. Schade, dass sie keinen Prinzen geheiratet hatte. ‚Was soll's! Träume braucht jeder. In der Realität sieht so wie so alles anders aus!

Karl träumte stattdessen vom eigenen Auto, das er sich aber wohl nie würde leisten können. Vor allem, weil das Auto dann komplett auf rechtshändig umgebaut werden müsste.

Anfang April 1949 wurde Karl zum zweiten Mal Vater. Die Tochter, Klara, kam aber nicht auf dem Bauernhof, sondern in der Frauenklinik in Osnabrück zur Welt.

Damals lagen neun Wöchnerinnen in einem Zimmer, die ungefähr zehn Tage mit einander auskommen mussten.

Die Kinder bekamen sie nur zum Stillen gebracht, in der übrigen Zeit lagen die Kleinen in ihren Bettchen im Säuglingszimmer.

Ein Jahr später konnte die Wirtschaft in Deutschland wieder Erfolge melden, sodass es in den Städten und Dörfern genügend Lebensmittel zu kaufen gab.

Lisas Schwester, die in der Stadt lebte, war froh, dass die Lebensmittelkarten endlich abgeschafft waren.

Wenn auf dem Hof ein Schwein geschlachtet wurde, bekam sie allerdings immer noch einen Braten und ein paar Würste, die Lisa bei ihr ablieferte.

Als Gegenleistung gab es Zeitschriften und manchmal auch ein Modeheft, worüber sich Karl besonders freute.

Die modischen Anzugjacken der Männer wurden jetzt nur mit einem Knopf geschlossen. Die Hosen waren relativ weit geschnitten und damit sie nicht rutschten, trug der Mann Hosenträger, die oft sogar farbig waren.
Beliebt waren ebenfalls Trenchcoats und leichte Mäntel mit zweireihiger Knopfleiste, die jetzt günstig als Konfektionsware in den Kaufhäusern angeboten wurden.
Die Mode der 50er Jahre hatte viele Gegensätze. Die Frauen trugen Blusen und weite Röcke mit einem Petticoat, eine Art Unterrock, der nach dem Waschen durch viel Stärke oder Zuckerwasser gezogen wurde, damit er weit abstand.
Fürs Büro oder zum Ausgehen zogen die Damen enge schwarze Bleistiftröcke, Nylonstrümpfe und hochhackige Pumps an.
So nach und nach änderten sich auch die Menschen, wurden ein wenig freizügiger.
Statt Badeanzug trugen die jungen Frauen einen Bikini, ein kleines Höschen und eine Art BH-Oberteil. Sehr unmoralisch wie viele ältere Menschen feststellten.

Im Kino wurde das Ereignis des Jahres „Die Sünderin" gezeigt. Ein Film mit Hildegard Knef und Gustav Fröhlich. Wegen einer kurzen Szene, in der die Knef für Sekunden von hinten nackt gezeigt wurde, als sie sich von ihrem Geliebten malen ließ, forderten die strengen Kirchenväter in Deutschland zum Boykott gegen den unmoralischen Film auf.

Karl und Lisa hatten andere Sorgen. Sie mussten ein paarmal umziehen. Zuerst wohnten sie im Nachbardorf, dann eine Zeitlang in der Stadt und zum Schluss wieder auf dem Bauernhof, da keiner von Lisas Brüdern ihn übernehmen wollte. Im Frühjahr und bei der Ernte halfen sie allerdings mit.

Karl änderte dafür ihre Jacken oder nähte auch schon mal einen neuen Anzug. Die Schnittmuster kopierte er sich aus den Modeheften, die er von seiner Schwägerin aus der Stadt bekam.

Er saß dann mitten auf dem Küchentisch, klemmte sich das Kleidungsstück zwischen die Knie oder unter die Füße. Mit dem Armstumpf hielt er das Teil auf dem Knie fest und konnte so mit der rechten Hand nähen.

Wenn er an der Nähmaschine saß, klappte alles tadellos.

Bei anderen Sachen war er inzwischen auch sehr erfinderisch geworden, so dass er vieles mit einer Hand erledigen konnte.

Trotz aller Mühen hätte sich Lisas Mutter lieber einen gestandenen Bauern als Schwiegersohn gewünscht, was sie ihn auch öfters spüren ließ.

Inzwischen hatte Karl aber in der Stadt, in der Werkzeugausgabe einer Auto-Firma, eine Anstellung bekommen und verdiente zirka 300 DM im Monat.

Als im Sommer das Wasser knapp wurde, ließen Lisas Brüder oberhalb des Gartens einen neuen, tieferen Brunnen bohren und eine Wasserleitung bis ins Haus legen. Somit hatte die alte Wasserpumpe in der Spülküche endlich ausgedient, wurde nur noch gelegentlich genutzt.

Und noch eine Verbesserung gab es! Karl kaufte sich unten im Dorf ein Moped. Zwar musste alles umgeändert, beziehungsweise auf die rechte Seite gelegt werden, was aber problemlos klappte. Als er das Moped abholen konnte, kam er damit stolz wie Oskar auf dem Hof angeschnurrt. Er schwor sich, nie mehr bei Wind und Wetter die vielen Kilometer mit dem Fahrrad zur Arbeit zu fahren.

Als auf dem Nachbarhof „Goldene Hochzeit" gefeiert werden sollte, nähte er sich einen schicken schwarzen Anzug und Lisa bekam ein langes schwarzes Kleid mit einem weißen Spitzeneinsatz. Alle Anwesenden waren von Karls Nähkunst begeistert.

Die Bauern aus der Nachbarschaft ließen sich jetzt bei Karl ihre alten Jacken modernisieren, manchmal auch neue Jacken nähen.

Es dauerte natürlich immer etwas länger bis er ein Teil fertig hatte, aber dafür war es auch preiswerter, als die Kleidung in einer Schneiderei oder im Geschäft. Vom kleinen Nebenverdienst kaufte Karl in der Stadt Winterstoffe und nähte für seine beiden Töchter lange Hosen.

Für Lisas Kleider und für die Kleider der Mädchen

war immer Oma Dora in Wilhelmshafen zuständig. Karl nahm bei allen Maß und schickte die Angaben per Brief zu seiner Mutter.

Die Sommerkleider der Mädchen waren immer besonders schön, so dass sie stets von ihren Schulfreundinnen bewundert wurden. Die hatten nur Kleider von der Stange wie sie es nannten, also fertig gekauft bei Leffers oder in einem Kaufhaus.

In den Sommerferien fuhr Karl mit den Töchtern zu Oma Dora, die sich gleich alle Maße für die nächsten Winterkleider notierte. Direkt bewundernswert war es, dass die fertigen Sachen auch ohne jegliche Anprobe immer super gut passten.

Nach dem Mittagessen fuhr Karl mit den Mädchen im Bus an den Genius-Strand zum Baden. Genüsslich atmete er die frische Meeresbrise ein und fühlte sich wieder ganz zu Hause.

Er besuchte auch seine Brüder, die inzwischen alle verheiratet waren, in Wilhelmshafen Arbeit und Wohnung gefunden hatten.

Während Karls Kinder mit den Cousinen und deren Puppen spielten, unterhielten sich die Brüder über ihre eigene Kindheit. Darüber, dass sie im Winter in der Küche auf dem Linoleumboden gesessen und mit Mutters Garnrollen und den vielen bunten Knöpfen gespielt hatten.

Wieder zu Hause auf dem Hof hatte Karl mitbekommen, dass für Lisa so nach und nach die Arbeit auf den Feldern zu schwer wurde.

Wenn ein Nachbar mit dem Trecker den Acker umpflügte, musste sie es nicht bezahlen, sondern dafür stundenweise bei ihm arbeiten, was dann wiederum zusätzlich ihre Kraft beanspruchte. Mit dem Einverständnis von Mutter Anna, der Vater war schon vor Jahren gestorben, wurde das Anwesen verkauft und die Geschwister ausgezahlt. Vom Restgeld und einer Sparkassen-Hypothek bauten Karl und Lisa mit Hilfe der Brüder ein neues Haus mitten im Dorf. Um alles bezahlen zu können, wurde die obere Etage vermietet.

Lisa arbeitet jetzt als Aushilfskraft in einer Küchenfabrik und Anna kümmerte sich um Haushalt und Kinder, die langsam ins Teenageralter kamen und sich für einen Beruf entscheiden mussten.

Nach der Beerdigung von Anna, sie war plötzlich verstorben, trug die Familie, wie es zu der Zeit allgemein üblich war, acht wochenlang schwarze Trauerkleidung.

Der „Kalte Krieg" zwischen Ost und West erreichte seinen Höhepunkt durch die Kuba-Krise im Jahr 1962 und brachte die Welt an den Rand eines Atomkriegs.

Die Menschen hatten Angst vor einer Eskalation, vor einem neuen Weltkrieg, weil die Sowjetunion vor Amerika, auf dem Inselstaat Kuba, heimlich Mittelstreckenraketen stationiert hatte. Deshalb ordneten die USA eine Seeblockade an, um weitere Raketenlieferungen zu verhindern.

Im gleichen Jahr begann Ulbricht mit dem Bau der Mauer zwischen Ost-und Westberlin.

Im Sommer darauf war der amerikanische Präsident, John F. Kennedy, in Berlin. Bei einer Rede

vor dem Rathaus Schöneberg sagte er den berühmten Satz:
„Ich bin ein Berliner".

Im nächsten Frühjahr saß die ganze Familie Hanek vor einem schwarzweiß Fernseher, den sie sich zu Weihnachten gekauft hatten.
Übertragen wurde die Trauung von Kronprinzessin Beatrix der Niederlande mit dem deutschen Diplomaten Claus von Amsberg. Die Niederländer waren nicht begeistert von der Wahl ihrer Prinzessin. Sie fanden einen deutschen Ehemann unmöglich.
Karl war es egal, wer wen ehelichte. Er hätte sowieso lieber „Charly Braun und seine Freunde" gesehen, denn neuerdings stand er auf Zeichentrickfilme.
Ein Jahr später bekam Karl auch einen Schwiegersohn, denn Klara, die jüngste Tochter, feierte Hochzeit.
Im Herbst des gleichen Jahres gab es dann den zweiten Schwiegersohn als Tochter Margret heiratete.
Im Jahr darauf bekamen beide Töchter ein Kind und Lisa und Karl wurden Großeltern.

Uroma Dora, die bislang noch quicklebendig war, kam mit einem Oberschenkelhalsbruch ins Krankenhaus. Sie war in der Wohnung gefallen, weil sie nicht mehr richtig sehen konnte.
„Sollen wir sie zu uns nehmen, wenn sie aus dem Krankenhaus kommt?"
Lisa hatte Mitleid mit der alten Frau. Aber Karl wollte nicht und meinte:

„Zwei Dickschädel in einer Wohnung, das geht auf die Dauer nicht gut."

Also kam Dora in ein Pflegeheim. Ihre Söhne übernahmen die zusätzlich anfallenden Kosten. Dora starb im November 1971 und wurde neben ihrem Ehemann begraben.

Als Karl Rentner wurde, hatte er Zeit zum Spazierengehen, Kreuzworträtsel lösen oder vor dem Fernseher zu sitzen. Seine Lieblingssendung war „Ein Herz und eine Seele" mit Ekel Alfred.

„Du bist manchmal genauso wie der"; meinte Lisa. Sie sah sich die Serie nur an, wenn es ihre Zeit erlaubte.

Wenn Freddy im Radio sang „Deine Heimat ist das Meer", drehte Karl das Radio lauter und dachte sehnsüchtig an die Nordsee, an seine Heimat. Und wenn Reinhard Mey sein Flugzeug startete und „Über den Wolken muss die Freiheit wohl grenzenlos sein" ertönte, dachte er an seine Fliegerzeit. Gerne wäre er irgendwohin in Urlaub geflogen, aber Lisa hatte Angst vorm Fliegen.

Im Herbst 1978 wurde Karol Wojtyla, der polnische Erzbischof von Krakau, zum Papst gewählt. Karls Kommentar:

„Jetzt sind die Pollacken schon in Rom. Wenn das man gut geht!"

Karl war alles andere als begeistert. Doch im Grunde genommen war es ihm egal. Zwar ging er sonntags zum Hochamt, aber nur, weil Lisa ihn dazu drängte.

Wenn er gut drauf war, konnte er den Garten umgraben, sogar Erde mit der Schiebkarre zum neuen Blumenbeet fahren. Dafür hatte er sich einen Lederriemen zusammengenäht, den er über der rechte Schulte trug, um ihn dann auf der linken Seite mit einer Schlaufe über den Schubkarrengriff zu streifen. So konnte er auch ohne den linken Arm gut schieben und auch das Gleichgewicht halten.

Doch was der deutsche Regierungschef „Kohl" zu viel an Gewicht hatte, hatte Karl inzwischen zu wenig. Er wurde immer dünner und meinte:

„Das kommt von der vielen Bewegung an der frischen Luft!"

„Geh endlich zum Arzt und lass dich untersuchen." Lisa war besorgt um ihn.

„So'n Quatsch. Mit fehlt doch nichts", antwortete er stets. Er setzte sich an die Nähmaschine und änderte seine viel zu weit gewordenen Hosen.

Ostern 1982 bat er Lisa:

„Bitte, kleb mir mal ein Pflaster auf den linken Hacken. Muss ich mich wohl wundgescheuert haben."

„Du meine Güte, das ist ja ein richtiges Loch. Nach den Feiertagen gehst du damit sofort zum Arzt. Irgendetwas stimmt nicht mit dir. Vielleicht hast du ja Zucker?"

„So'n Unsinn, dass glaubst du doch wohl selbst nicht!"

Unwirsch zog Karl seinen Socken über das Pflaster. Doch Lisa redete so lange auf ihn ein, bis er nachgab. Beim Arzt wurde ihm Blut abgenommen und ins Labor geschickt.

„Übermorgen kann ich Ihnen das Resultat mitteilen. Heute verschreibe ich Ihnen erstmal eine Salbe."

Der Laborbericht fiel positiv aus. Karl hatte Alterszucker und musste jetzt jeden Tag Tabletten einnehmen.

Nach einigen Wochen war das Loch hinten am linken Fuß zugeheilt und Karl meinte, die Sache sei damit ausgestanden.

Aber weit gefehlt. Nach einiger Zeit entstand ein neues Loch. Weil er nicht mehr laufen konnte, fuhr er jeden Tag mit dem Fahrrad zum Verbinden in die Praxis.

Als sich die Durchblutung in beiden Füßen verschlechterte und die Zehen im linken Fuß ganz schwarz wurden, überwies ihn der Hausarzt endlich – aber leider viel zu spät – ins Krankenhaus.

Karl bekam hohes Fieber und fantasierte. Lisa bat um eine Unterredung mit dem Chefarzt. Der erklärte ihr:

„Wir können ihn nur retten, wenn das linke Bein bis zum Oberschenkel abgenommen wird."

„Das lässt er nie im Leben machen! Dann ist er ja ein Pflegefall!"

„Nicht unbedingt. Heute gibt es sehr gute Prothesen."

Lisa versuchte ihn zu überreden, wollte ihn nicht verlieren. Doch Karl zögerte, hatte Angst. Sah in seinen Fieberträumen das Kriegslazarett vor sich. Hörte die Knochensäge kreischen. Fühlte beim Aufwachen deutlich Schmerzen im Arm, den es schon lange nicht mehr gab. Es war zum Verrückt werden.

Langsam sterben oder mit einer weiteren Behinderung leben, das war die Option.

„Ich will leben!"

Schweren Herzens stimmte Karl der Operation zu.

Wochenlang lag er im Krankenhaus, bestand nur noch aus Haut und Knochen. Dann ging es allmählich wieder bergauf.

Der Orthopäde fertigte für ihn ein künstliches Bein an. Mit eisernem Willen übte Karl das Laufen. Zur Sicherheit benutzte er immer einen Handstock. Im Krankenhaus hatten die Schwestern jeden Tag bei ihm Insulin gespritzt. Zu Hause musste er es selber machen. Weil es mit einer Hand nicht so einfach war, sollte Lisa es lernen. Sie wollte es zuerst nicht, hatte Angst davor, aber schließlich blieb ihr nichts anderes übrig, und mit der Zeit gewöhnte sie sich daran.

Karl erholte sich langsam und konnte sogar kurze Strecken mit dem Handstock zu Fuß gehen.

In Juli 1989 erblickte Karls erstes Enkelkind das Licht der Welt und bekam den Namen Sarah.

„Warum muss das Kind denn einen jüdischen Namen haben? Es gibt doch genügend deutsche Namen zur Auswahl", schimpfte Karl.

„Es ist ein biblischer Name. Die Frau vom Abraham hieß auch so", antwortete Lisa.

„War der kein Jude?"

Karl hatte nichts gegen Ausländer, hatte jahrelang mit ihnen in der Firma gearbeitet, aber deren Kinder hießen auch nicht Otto, Peter oder Dora.

Am 9. November 1989 öffnete die DDR die Grenze zur Bundesrepublik. Unter dem Ansturm der Menschen öffneten sich in Berlin die Schlagbäume. Tausende DDR- Bürger strömten in den Westen.

Sie wurden mit Sekt und Jubel empfangen. Freunde fielen sich weinend um den Hals, denn nach 28 Jahren war endlich die Mauer gefallen.

Auch in ganz Osteuropa erkämpften sich die Menschen Freiheit und Demokratie. Russland, die Ukraine und Weißrussland gründeten in Brest die „Gemeinschaft Unabhängiger Staaten".

Weil man jetzt überall in Ostdeutschland herumreisen konnte fuhr Margret, die älteste Tochter von Karl und Lisa, im Herbst 1993 für ein paar Tage nach Berlin, um endlich ihre Brieffreundin persönlich kennenzulernen.
Die Frauen spazierten durch das Brandenburger Tor und über den Ku'damm, eine Einkaufsstraße mit Geschäften, Kaufhäusern, Modeboutiquen und Restaurants.
Das KaDeWe – Kaufhaus des Westens – ein Warenhaus mit einem gehobenen Sortiment und einigen Luxusartikeln reizte Margret besonders, denn hier wollte sie ein schönes Geschenk für ihren Vater kaufen.
Karls 75 Geburtstag wurde am nächsten Wochenende mit Verwandten und Nachbarn in einer Gastwirtschaft mit einem Abendessen gefeiert.
Karl freute sich, dass alle gekommen waren und dankte ihnen mit einer kleinen Rede.
Ganz besonders freute er sich über das Geschenk von Tochter Margret, ein Oberhemd von Karl Lagerfeld, einem französischen Modedesigner, der gebürtig aus Hamburg stammte.

Im nächsten Frühjahr bekam Karl eine starke Erkältung. Tapfer kämpfte er dagegen an, aber so richtig erholte er sich nicht. Den ganzen Sommer über ging es einigermaßen, denn die wärmende

Sonne tat seinen alten Knochen gut.

Als im August der Grippevirus grassierte, steckte Karl sich als Erster in der Familie an. Der Hausarzt verordnete strenge Bettruhe, aber das hohe Fieber schwächte ihn zusätzlich. Als er dann noch eine Lungenentzündung bekam, wollte der Arzt ihn ins Krankenhaus einweisen.

„Ihr könnt machen, was ihr wollt, aber da geh ich nicht hin!"

„Wenn Sie wieder hohes Fieber bekommen, bin ich nicht gleich zur Stelle, um Ihnen eine Spritze zu geben."

„Ist mir egal. Ich bleibe hier in meinem Bett!"

Achselzuckend verließ der Arzt das Krankenzimmer.

Als Lisa am nächsten Morgen vom Einkauf zurückkkam, war Karl friedlich eingeschlafen, denn wenn die Kraft zu Ende geht, ist die Erlösung eine Gnade. Vielleicht hatte Karl geahnt, gefühlt, dass der Tod vor der Tür stand.

Karl der Große wurde in der Familiengrabstätte auf dem Dorffriedhof beigesetzt.

Lisa überlebte ihren Mann noch etliche Jahre. Tagsüber beschäftigte sie sich im Garten. Abends schaute sie sich Filme im Fernsehen an oder strickte Socken für die Enkelkinder. Wenn sie Geburtstag hatte, backte sie mehrere Torten, denn zum Kaffee kamen Töchter, Schwiegersöhne und Enkelkinder zu Besuch um ihr zu gratulieren.

*

Die Enkeltochter: Margret

Laut Wetteraufzeichnung war es ab Mitte Dezember 1946 erheblich zu kalt. Eisige Ostwinde fegten über das Land und starke Nachtfröste zauberten fantasievolle Eisblumen an die Fensterscheiben. Die fahle Wintersonne ließ ihre Strahlen auf den hohen Schneewehen tanzen und brachte die vielen kleinen Eiskristalle zum Funkeln.

Adolf hatte dafür keinen Blick. Er bemühte sich nach Kräften, am Samstag vor Weihnachten, die große Hofeinfahrt von der weißen Pracht zu befreien. Bei jedem Schritt knirschte der Schnee unter seinen Füßen, während seine Hände, mit denen er den hölzernen Schneeschieber betätigte, allmählich eiskalt wurden.

Plötzlich wurde die Dielentür weit aufgerissen. Mutter Anna trat auf den Hof und rief:

„Adolf, hör mit dem Schneeschieben auf. Bei deiner Schwester ist es soweit. Hol die Hebamme!"

Fröstelnd rieb Anna sich über die Arme, blickte zum grauen Himmel und meinte:

„Hoffentlich kommt nicht noch mehr Schnee, sonst kann niemand mehr bis zu uns durchkommen."

Flugs drehte sie sich um und ging zurück ins Haus.

Lisa hatte die ganze Woche über leichte Wehen gehabt, doch nun war es kaum auszuhalten.

„Da musst du durch. Ich habe das ein Dutzend Mal mitgemacht. Das vergeht wieder, wenn es vorbei ist und du dein Kind im Arm hälst."

Tröstend strich Anna der Tochter über die Wange, verließ das Schlafzimmer und stellte in der Küche einige Töpfe mit Wasser auf den Herd, während Karl, Lisas Ehemann, unruhig auf der langen Bank, hinter dem großen Eichentisch, hin und her rutschte.

Anna sah ihn an und meinte:

„Wird schon gut gehen" und marschierte zurück ins Schlafzimmer.

Es war schon fast Mitternacht, als es endlich so weit war.

„Luft holen und noch mal pressen!"

Die Hebamme, die sofort mit Adolf mitgegangen war, umfasste mit beiden Händen das Köpfchen und zog. Dann hielt sie das Kind hoch, damit Lisa es sehen konnte.

„Ein Junge?"

„Nein, du hast ein Mädchen bekommen. Wenn du noch ein bisschen länger durchgehalten hättest, wäre es ein Sonntagskind geworden."

Schnell wickelte sie die Kleine in ein angewärmtes Tuch und legte sie der Mutter in den Arm. Jetzt durfte Karl ins Schlafzimmer und seine Tochter begutachten.

Anna bekam mit wie er sich zu seiner Frau hinunterbeugte, ihr einen Kuss gab und leise sagte:

„Es ist das schönste Weihnachtsgeschenk meines Lebens. Jetzt sind wir endlich eine richtige Familie."

Anna aber dachte:

‚Ich hätte lieber einen Enkelsohn gehabt, damit er später auf dem Hof mithelfen kann'.

Heilig Abend zog die Hebamme, sie kam jeden Vormittag um nach Lisa und dem Kind zu sehen, die Kleine warm an und steckte sie in ein dickes Kopfkissen.

Karl, Schwager Adolf, und die Großeltern mummelten sich in ihre dicken Wintersachen, denn gegen Mittag war Taufe angesagt.

Anna nahm das Kind auf den Arm und gemeinsam stiegen sie in die Kutsche. Großvater hatte den gutmütigen Hektor davor gespannt und beförderte alle sicher zur Kirche unten im Dorf.

Der Pastor taufte die Kleine, ein richtiges Christkind wie er betonte, auf den Namen „Margret Anna".

Wieder zu Hause wurde der Tannenbaum mit Äpfeln, Nüssen, Kerzen und viel Lametta ins elterliche Schlafzimmer gestellt, damit auch Lisa ihn sehen konnte.

Damals blieb eine junge Mutter wenigstens eine Woche im Bett um sich von der Geburt zu erholen.

Zehn Tage später ging es Lisa wieder recht gut, sodass sie das Kind alleine versorgen konnte. Sie stillte ihre Tochter fast 1 ½ Jahre lang, denn die Kleine war auch nach einem halben Jahr nicht zu bewegen, Brei oder Ähnliches zu essen.

Als Karl und Lisa im Sommer 1947 bei seinen Eltern in Wilhelmshaven zu Besuch waren, schimpfte Oma Dora, wollte die Kleine mit Milchsuppe füttern. Aber auch sie musste einsehen, dass es keinen Zweck hatte, weil das Kind alles wieder ausspuckte.

Die kleine Margret übersprang die Brei–Zeit und aß gleich das Essen der Erwachsenen, allerdings mit weniger Salz und weniger Gewürzen. Wenn sie mal nicht essen wollte, hieß es:

„Mund auf, Onkel Adolf kommt mit dem Motorrad und will auf die Diele fahren."

Adolf und Greta, wie er sie immer nannte, liebten sich sehr.

Anfang Mai 1948 fuhr Lisa mit ihrer Tochter nach Osnabrück, damit der Fotograf ein Bild von der Kleinen machte.

Im Juni gab es in den westlichen Besatzungszonen eine Währungsreform: Die DM löste die alte Reichsmark ab. Ludwig Erhard, Direktor der Wirtschaftsverwaltung, war der Meinung: „Wachstum kann nur eine wettbewerbsorientierte Marktwirtschaft gewährleisten." Doch davon spürte man auf dem Bauernhof nicht viel.

Lisas zweite Tochter kam im April 1949, in der Frauenklinik zur Welt. Damals wurden die großen Zimmer oft mit neun oder zehn Frauen belegt. Eine Waschgelegenheit befand sich hinter dem Vorhang. Durften sie aufstehen und wollten zur Toilette, mussten sie bis zum Ende des langen Flurs gehen. Nach gut zehn Tagen brachte Lisas Schwester Mutter und Kind mit dem gelben Postbus bis ins Dorf. Von dort wurden sie vom Vater mit der Kutsche abgeholt und zurück zum Hof gebracht. Lisas Schwester blieb noch ein paar Tage, bevor sie wieder nach Hause fuhr.

Die Kleine war ein ängstliches Kind, ganz anders als die Erstgeborene. Die war von Anfang an sehr selbstständig, konnte überall auf dem Hof herum laufen und frei spielen.

Einmal war sie sogar oberhalb des Hofes durch das Wäldchen getrottet und kam auf dem Nachbarhof an. Die Bäuerin dachte gleich, dass die Kleine wohl Lisas

Tochter sei. Sie gab ihr etwas zu trinken, nahm sie auf den Arm und brachte sie zurück zum Hof.

Vermisst wurde Margret von der ganzen Familie erst zur Mittagszeit, als man sie zum Essen rufen wollte. Als die Nachbarsfrau dann mit der Kleinen auftauchte, waren alle heilfroh.

Heutzutage würde man wahrscheinlich sofort zur Polizei laufen und eine Anzeige wegen Kindesentführung aufgeben, aber damals war die Welt noch relativ in Ordnung.

Ob Mann oder Frau, jeder konnte sich ohne Angst im Wald oder auf der Landstraße bewegen.

Anfang des nächsten Jahres wurde Opa schwer krank, konnte das Bett nicht mehr verlassen. Oma Anna pflegte ihn, kümmerte sich um ihn, denn das Asthma machte ihm sehr zu schaffen, zusätzlich vergaß er sehr viel. Er litt wohl an Altersdemenz, denn er wollte immer „nach Hause".

Einmal versuchte er sogar aus dem Fenster zu springen. Sohn Adolf konnte ihn gerade noch am Nachthemd festhalten. Als er immer schwächer wurde, ließ Anna den Arzt kommen. Der schüttelte den Kopf und meinte:

„Vielleicht noch zwei bis drei Tage, länger schafft er es nicht."

Auf Annas Wunsch telefonierte Lisa vom Nachbarhof aus mit dem Pastor.

Begleitet von einem Messdiener, der das Sterbeglöckchen läutete, kam er am nächsten Morgen und spendete dem Kranken die „letzte Ölung", eine Krankensalbung wie man heute sagt.

Gerade noch rechtzeitig, denn kurz nach dem Mittagessen schlief Opa in Gegenwart der ganzen Familie friedlich ein.

Adolf war es dann auch, der es den anderen Geschwistern und den Nachbarn mitteilte. Sie kamen sofort und kümmerten sich um alles.

Die Nachbarfrauen wuschen den Toten und zogen ihm ein weißes Nachthemd an, Opa trug immer weiße Leinen-Nachthemden. Dann legten sie ihm einen Rosenkranz aus Holzperlen um seine gefalteten Hände, denn den hatte er immer bei sich in der Hosentasche getragen.

Nachdem der Tischler den Sarg fertiggestellt und geliefert hatte, wurde der Tote hineingelegt und im unbeheizten Flur aufgebahrt, der von der Diele des Bauernhauses abgeteilt war.

Um den Sarg herum wurden Kränze mit Blumen und einige Leuchter mit Kerzen aufgestellt.

So wie es früher üblich war, hielten Verwandte und Nachbarn am Sarg die Totenwache. Anna achtete streng darauf, dass alles genau eingehalten wurde.

Auch hatte sie nach dem letzten Atemzug ihres Mannes das Schlafzimmerfester weit geöffnet, damit seine Seele in den Himmel fliegen konnte.

Mit ihrem kindlichen Gemüt war Margret der festen Überzeugung, dass Opa statt ihr nun den Engeln im Himmel „Gute-Nacht-Geschichten" erzählen würde.

Am Montag darauf setzten die Nachbarn den Sarg auf einen Totenwagen, der von zwei Pferden ins Dorf und weiter zum Friedhof gezogen wurde.

Ganz in Schwarz gekleidet gingen Verwandte, Freunde und Nachbarn hinterher.

Sechs Männer aus der Nachbarschaft, in schwarzen Anzügen und mit einem Zylinder auf dem Kopf, trugen den Sarg zum Grab und ließen ihn an Seilen hinuntergleiten.

Der Pastor besprühte den Sarg mit Weihwasser, segnete ihn und sprach die Worte: „Erde zu Erde, Asche zu Asche und Staub zu Staub." Dann warf er dreimal etwas Erde auf den Sarg. Anschließend betete er mit allen Trauergästen ein Vaterunser. Danach traten alle der Reihe nach ans Grab um sich zu verabschieden.

Anschließend bekundeten die Trauergäste mit einem Händedruck den engsten Verwandten ihr Mitgefühl. Wie es bei Katholiken üblich war, las der Pastor in der Pfarrkirche das Seelenamt. Danach gingen die Leichenträger ins Wirtshaus, um sich ihren Schnaps abzuholen, was manchmal fürchterlich ausartete, denn es musste ja „Das Fell versoffen werden".

Die engsten Verwandten besuchten noch einmal den Friedhof, um sich das inzwischen zugeschüttete Grab und die darauf liegenden Blumenkränze mit den beschrifteten Schleifen anzusehen.

Mit Freunden und einigen Nachbarn kehrten die Verwandten anschließend zurück zum Hof, wo zwei der Nachbarfrauen das Mittagessen zubereitet hatten, das auf der großen Diele eingenommen wurde.

Nach dem Essen gab Anna ein paar Runden selbstgemachten Kirschlikör aus, so dass alle Verwandten einigermaßen fröhlich den Nachmittag verbrachten. Schließlich hatte man sich ja viel über Hofarbeit und Landwirtschaft zu erzählen.

Das alte Bauernhaus aus dicken Bruchsteinen, in dem die Familie lebte, hatte eine grüne, geteilte Dielentür. Diese nahm fast die ganze Vorderfront ein.

Im Sommer standen die beiden oberen Holzklappen der Tür weit offen, damit die Schwalben ein- und ausfliegen konnten. Sie nisteten jedes Jahr an den Dachbalken und erfreuten die Menschen mit ihrem Gezwitscher.

An der rechten Seite der Diele befand sich der Kuhstall. Vier dicke Milchkühe standen wiederkäuend nebeneinander und schauten mit ihren großen, schwarzen Augen jeden an, der vorbei ging.

Gleich daneben war der Stall in dem „Hektor", das Arbeitspferd untergebracht war.

Auf der linken Seite waren die Vorratskammern. Dort lagerten Kartoffeln, Runkel- und Steckrüben, Hafer und Mehl für die Tiere.

Zum Ärger der Menschen lebten im Winter hier auch viele Mäuse, die besonders den Hafer liebten, den das Pferd zu fressen bekam.

Am Kopfende der Diele, die mit rotbraunen Ziegelsteinen gepflastert war, befand sich ein dicker, gemauerter Kessel. In ihm wurden Kartoffeln und Rüben für die Schweine gekocht.

Für die große Wäsche wuchtete Lisa, zusammen mit Karl, einen blauen Emaille-Einsatz hinein.

Von der Diele aus führte eine schmale Tür in die Spülküche. Dort befand sich eine alte Hand-Pumpe für das Brunnenwasser, das nur abgekocht genießbar war.

Ein Jahr später gab es einen neuen, tieferen Brunnen mit einer Wasserleitung zum Haus. Endlich hatten sie sauberes, fließendes Leitungswasser.

Die große Tür, in der viele unterschiedliche bunte Glasscheiben eingesetzt waren, trennte die Diele vom Wohntrakt. Ging man durch sie hindurch, kam man zuerst in einen breiten, gefliesten Flur.

Auf der rechten Seite befand sich die gute Stube, die nur an den Feiertagen benutzt wurde.

Auf der linken Seite war die Schlafkammer von Adolf, in der er bis zu seiner Heirat schlief.

Über eine enge Holz-Stiege erreichte man den großen Dachboden. Auf der einen Seite waren Heu und Stroh für das Vieh gelagert. Bei Bedarf konnte man es durch eine Luke in der Balkendecke mit einer Forke auf die Diele werfen.

Auf der anderen Seite des Bodens hingen luftgetrocknete Würste und dicke Schinken von fetten Schweinen, die immer im Spätherbst geschlachtet wurden.

Vom Flur aus führte auch eine steile Stein-Treppe hinunter in den ausgeschachteten, dunklen Keller.

Dort lagerten Kartoffeln und Anthrazit-Eierkohlen, sowie Obst- und Marmeladengläser, die Oma Anna im Sommer eingekocht hatte.

Durch eine kleine Öffnung in der Außenwand, die mit einem herausnehmbaren Gitter verschlossen war, fiel tagsüber ein wenig Licht herein. Wollte man abends etwas aus dem Keller holen, musste man eine Kerze mitnehmen, die oft durch den Luftzug ausgeblasen wurde.

Dann stand man völlig im Dunklen, musste sich nach oben tasten, um die Kerze erneut anzuzünden. Schaurig…!

Die beiden Mädchen gruselten sich jedes Mal. Sie hatten Angst vor Gespenstern und was noch

schlimmer war, vor dicken, ekeligen Spinnen, die überall ihre Netze hatten.
Wenn irgendwie möglich, weigerten sie sich in den Keller zu gehen.

„Im Keller ist es duster,
da wohnt ein armer Schuster.
Wie kann's im Keller duster sein,
da fällt ja Licht durchs Fensterlein!"

Diesen Spruch hörten sie immer von Onkel Adolf, der sie damit aufzog.

In der großen, gemütlich eingerichteten Küche stand ein langer, hellgescheuerter Eichentisch, an dem zwölf Personen Platz hatten. Meistens lag eine Decke aus selbstgewebtem, alten Bauernleinen darauf. Der Jahreszeit entsprechend stellte Lisa eine Vase mit bunten Blumen in die Mitte des Tisches.
Die weißen Scheibengardinen an den Fenstern hatte sie mit einem blauen Bändchen gerafft, denn Oma Anna meinte:
„Man mot sehn, wenn Beseuük kümmt."
Auf dem großen, blankgescheuerten Herd stand immer eine alte, dicke Blechkanne mit heißem Muckefuck-Kaffee. Stets griffbereit befanden sich auf dem Holz-Bord oberhalb des Herdes ein paar bunte Steingut-Tassen.
Das dunkelrote zerschlissene Sofa in der Ecke war Opas Stammplatz gewesen, auf dem er immer seinen Mittagsschlaf gehalten hatte.
Hinter der Küche befanden sich zwei Schlafzimmer. Im ersten schlief Oma Anna, das zweite war für Vater, Mutter und Kinder eingerichtet.

Tagsüber mussten alle über die Wäschebleiche zum Holzschuppen gehen, wo das Plumpsklo untergebracht war.

Margret setzte sich immer nur notgedrungen auf das Holzbrett mit dem Loch, das viel zu groß für ihren kleinen Popo war. Dauernd hatte sie Angst, in die darunter befindliche, tiefe Jauchekuhle zu fallen. Das harte Zeitungspapier war in viereckige Stücke geschnitten, auf einen Bindfaden gezogen und mit einem Nagel an der Wand befestigt.

Im Sommer summten und brummten dicke Schmeißfliegen im „stillen Örtchen", krabbelten auf den nackten Beinen der Kinder und kitzelten an ihren Nasen.

Dass sich die Toilette außerhalb des Hauses befand, fanden die Kinder schrecklich. Nachts durften sie sich deshalb aufs Töpfchen setzen, was die Erwachsenen im Notfall und im tiefen Winter auch machten.

Der große Bauerngarten hinter der grüngestrichenen Eisenpforte war schön. Das bunte Durcheinander aus Blumen, Salat, Möhren, Porree und Petersilie liebte Margret besonders. Bohnenranken wanden sich an langen Stangen empor und es gab sogar Zwiebeln, die oben auf den Lauchstängeln wuchsen.

Heiß und innig liebte Margret die vielen verschiedenfarbigen Katzenkinder mit ihren dunklen Knopfaugen und den Samtpfoten, die regelmäßig im Mai-Juni geboren wurden.

Wenn es im Sommer nach frischem Heu, nach Sonne und Freiheit roch, bettelten die Mädchen:

„Bitte Mama, stell uns die Zinkwanne zum Baden auf die Wäschebleiche."
Wenn Mutter den Wunsch erfüllte, durften die Kinder nackig im Wasser sitzen und sich gegenseitig nass spritzen.

In der Küche duftete es dann nach Erdbeer- und Johannisbeer-Marmelade, die Oma Anna literweise kochte. Der fertige Aufstrich kam in kleinere und größere Einmachgläser.
Zur Haltbarkeit streute sie etwas Salizil oben auf, das Lisa aus der Apotheke im Dorf mitgebracht hatte.
Dann nahm sie das zurechtgeschnittene, runde Zellophan-Papier, tauchte es in Wasser, legte das Stück über die dampfende Öffnung und spannte es mit einem Gummiband fest. Auf den sorgsam aufgeklebten Etiketten wurden der Inhalt und das Herstellungsjahr vermerkt.
Die Mädchen halfen mit, brachten anschließend die Gläser in den Keller. Dort sahen sie sich an, brachen in schallendes Gelächter aus und äfften Oma nach:
„Kinder, ihr wisst doch, das neue Einmachgut kommt hinten aufs Bord. Zuerst muss der Rest vom letzten Jahr gegessen werden."
Natürlich mogelten sie, denn wer konnte schon der süßen, verlockend Rot aussehenden, neuen Marmelade wiederstehen.

Auf dem Hof war alles interessant und aufregend für Margret. Besonders der große Wald, der oben hinter dem Garten begann, hatte es ihr angetan.
Im Frühsommer die schlanken, hohen Bäume mit ihrem sonnendurchfluteten Grün und an den nebligen

Herbsttagen das bunte, raschelnde Laub, das der Wind zu hohen Wällen aufgeweht hatte, und das sie dann mit Vorliebe durchstreifte.

In der kalten Jahreszeit roch es in der Wohnküche nach abgelagertem Eichenholz, das knisternd im Ofen brannte, und aus dem Backofen strömte der Duft von Oma Annas leckeren Bratäpfeln.

Im Januar fiel gnadenlos die Kälte ins Haus. Bizarre Eisblumen schmückten die Fenster und die Federbetten fühlten sich klamm an. Wenn die Kinder die Glasscheiben anhauchten, gefror fast ihr eigener Atem.

Eine dicke Schneedecke begrub das alte Bauernhaus, das unter der enormen Last ächzte und knarrte.

Im März sah man, wie die kleinen gelben Blüten des Huflattichs an den steinigen, noch kargen Wegrändern ihre Köpfe zu den ersten warmen Sonnenstrahlen hochreckten.

Oma Anna nahm Margret auf den Schoß, zeigte nach draußen und sagte:

„Es beginnt ein neues Lebensjahr. Du weißt ja: Im Märzen der Bauer die Rösslein einspannt."

Und dann sang sie ihr das Lied vor, das wohl ihre Großmutter auch schon für die Enkelkinder gesungen hatte.

„Im Märzen der Bauer die Rösslein einspannt
er setzt seine Felder und Wiesen in Stand
er pflüget den Boden er egget und sät
und rührt seine Hände früh morgens bis spät."

Margret liebte es auf Bäume zu klettern, mit den jungen Ziegen herum zu springen und die vielen kleinen Tiere zu streicheln, die zu verschiedenen Jahreszeiten auf dem Hof geboren wurden. Dies gehörte alles zu ihren Lieblingsbeschäftigungen.

Ihre jüngere Schwester spielte lieber in der Küche mit den Puppen. Sie hatte Angst vor den Tieren, besonders vor den schwarz-weiß gefleckten Kühen. Sie standen in einem Stall, der zur Diele hin offen war. Wenn man vorbeiging, muhten sie laut und scharrten mit den Füßen.

War eine Kuh trächtig, bekam sie besseres Grünfutter. Oma Anna ging dann mit ihr an den mit Gras bewachsenen Wegrändern entlang und ließ sie Klee und bunte Sommerblumen fressen.

Um den Hals der Kuh hatte sie einen Strick gebunden, mit dem sie das Tier immer ein Stück weiterführen konnte. Beim Fressen band sie das Strickende um ein Kuhbein, damit das Tier nicht weglief.

Margret begleitete Anna oft und wenn beide neben der Kuh im Gras saßen, erzählte Oma dem Kind spannende Geschichten von früher, als ihre Mutter noch klein war.

Bekam eine Kuh ihr Kalb, musste meist ein Nachbar oder der Tierarzt kommen, um bei der Geburt mitzuhelfen.

Bei trächtigen Sauen brauchte der Arzt nicht kommen. Wenn der Geburtstermin nahte, schlief Lisa immer unruhig, lauschte in Richtung Schweinestall. War es dann so weit, meistens mitten in der Nacht, zog sie sich schnell an und lief zum Stall. Die neugeborenen Ferkel wurden von ihr mit Stroh trockengerieben. Dann setzte sie die Kleinen in eine Zinkwanne und brachte sie ins Haus.

Anna saß schon mit Schürze und einer Kneifzange

in der Hand wartend in der Küche, nahm ein quiekendes, rosa Schweinchen nach dem anderen auf den Schoß und kniff ihnen die spitzen Zähne ab, damit sie beim Saugen die Mutter nicht beißen konnten. Dabei konnte es geschehen, dass sie auch schon mal ein Zähnchen übersah.

Margret, die neuerdings bei Oma Anna im Bett schlafen musste, weil ihre Schwester auf der Liege im Elternzimmer schlief, war auch wach geworden. Schnell stand sie auf und lief in die Küche, denn so etwas Interessantes und Tolles konnte sie sich nicht entgehen lassen.
Sie krempelte ihre Nachthemdärmel hoch und wühlte mit beiden Armen zwischen den kleinen Tieren in der Wanne herum.
„Kleine Ferkel sind total niedlich, nicht wahr Oma!"
Zu dem Zeitpunkt fand Mutter Lisa das auch noch, doch wenn die Sau die Kinder nicht haben wollte, nach ihnen schnappte um sie totzubeißen, kamen die Kleinen in einen anderen Stall.
Die Ferkel zu füttern war eine zusätzliche und lästige Arbeit für Lisa, bei der Karl ihr auch nicht helfen konnte.
Hatte die Sau mehr Ferkel als Zitzen, musste Lisa die übrig gebliebenen Schweinekinder vier bis fünf Mal am Tag mit Milch füttern, die mit etwas Mehl aufgekocht war.
Dafür setzte sie die hungrig zappelnden Ferkel in die Zinkwanne, brachte sie in die Küche und nahm sie der Reihe nach auf den Schoß. In der einen Hand hielt sie die Milchflasche und mit der anderen Hand kraulte sie das Ferkel, um es zum Trinken anzuregen.

Nach ein paar Tagen konnte sie die Kleinen in der Wanne lassen und zwei Flaschen auf einmal hinhalten, damit die Fütterungs-Prozedur nicht so lange dauerte.

Während die meisten Stadtmädchen mit Puppen spielten, konnte Margret mit lebendigen Tierbabys spielen, durfte ihnen sogar die Flasche geben. Nach vier bis fünf Wochen blieben die kleinen Ferkel im Stall, konnten alleine fressen und bekamen einen Brei aus Magermilch, Mehl und gekochten Kartoffeln.

Wo die kleinen Ferkel herkamen und wie sie gemacht wurden, wusste Margret damals schon genau. Onkel Adolf oder Mutter banden einen Strick um den Fuß der Sau und spazierten mit ihr zum nächsten Bauernhof.

Meistens durfte Margret mitgehen und manchmal sogar zusehen, wenn der Eber von Meyer zu Rückendorf von hinten auf die Sau sprang .Nach ein paar Wochen kamen aus ihrem Po die kleinen Ferkel heraus.

Bei den Hühnern war das mit dem Kinderkriegen ganz anders. Der Hahn sprang zwar auch auf die Hennen, aber die legten Eier und mussten sie erst ausbrüten, bevor die flauschigen Küken-Kinder ausschlüpfen konnten.

Waren die Küken geschlüpft, schritt Mutter Henne stolz und mit hocherhobenen Kopf über den Hof und die Kinder im Gänsemarsch hinter ihr her.

Wenn Magret eines von den Kleinen hochnahm und streichelte, kam gleich Mutter Henne angelaufen, gackerte und zeterte laut.

„Stell dich nicht so an, sonst wanderst du in den Suppentopf!"
Diesen Spruch hatte das Mädchen von Oma Anna übernommen.

Das mit dem Kochtopf war übrigens eine hochinteressante Sache. Vor allem, da Lisa sich noch immer weigerte, ein Huhn zu schlachten. Zuerst musste es gefangen werden, was nicht immer leicht war bei frei herumlaufenden Hühnern. Hatte man dann doch eins erwischt, schleuderte man es ein paar Mal in die Runde, legte es schnell auf den dicken Holzklotz und hackte mit einem scharfen Beil den Kopf ab. Natürlich musste man dabei das Huhn an den Beinen festgehalten, denn ließ man es los, flatterte es ohne Kopf herum.

Schrecklich...!
Bei so einer Gelegenheit erzählte Vater Karl den Kindern die Geschichte vom Seeräuber „Störtebecker", dem man auch den Kopf abgeschlagen hatte und der dann ohne Kopf an seinen Kameraden vorbei gelaufen war um sie so vor dem Tod zu retten.

Das arme Huhn hingegen wurde mit kochendem Wasser übergossen. Dann band Anna sich eine alte lange Schürze vor, klemmte sich das Huhn zwischen die Beine und rupfte es. Eine anstrengende Arbeit, denn die Federn saßen ganz schön fest.

Zum Schluss nahm sie ein Stück Papier, zündete es an und brannte damit das Huhn ab, um so die restlichen Flaumfedern wegzubekommen.

Dann legte sie es auf den Tisch, schnitt den Bauch auf und nahm alle Eingeweide heraus, was einen ekeligen Gestank verursachte. Margret war immer froh, wenn alles auf dem Misthaufen lag. Unter fließendem Wasser wurde das Huhn abgewaschen und gründlich ausgespült. Dann kam es in einen großen Topf und zusammen mit einer Möhre, etwas Porree, Zwiebeln, Herz, Leber und Magen wurde es gekocht.

Die Hühnersuppe war immer sehr lecker. Das Fleisch wurde gebraten oder zu Hühnerfrikassee verarbeitet.

Oft saß Margret in der Küche auf der langen Bank und hörte aufmerksam zu, wenn sich Mutter und Oma Anna unterhielten. Diesmal sprachen sie über Heirat, Aussteuer und Ähnliches. Neugierig geworden fragte Margret:

„Wer heiratet denn?"

„Adolf will seine Freundin Mia heiraten", sagte Oma.

„Ach... Wohnt Onkel Adolf dann nicht mehr bei uns?"

„Nein! Er zieht zu seiner Frau."

„Dann seh` ich ihn ja gar nicht mehr."

Traurig schaute das Mädchen Oma an.

„Das glaube ich nicht. Bestimmt wird er uns ab und zu besuchen und Mia, deine neue Tante, mitbringen", meinte Oma tröstend. Dann wandte sie sich an Lisa und sagte:

„Die Hochzeit ist in drei Wochen. Vorher musst du aber noch mit dem Kind in der Kirche üben."

„Ja, ja, Mutter, aber bis dahin ist noch Zeit genug. Am Wochenende kommt erst mal die Schneiderin und nimmt bei Margret Maß."

„Bekomme ich ein neues Kleid?"

„Natürlich! Onkel Adolf hat sich gewünscht, dass du in der Kirche die Brautkerze trägst."

Ende der nächsten Woche hatte sich Lisa Adolfs

Motorrad geliehen. Damals nahm man es noch nicht so genau mit dem Führerschein, und so fuhr Lisa mit ihrer Tochter zur Schneiderin.

Margret und die Nebengänger-Frau, heute heißt es Trauzeugin, sollten ihre neuen Kleider anprobieren. Margret war begeistert. Ein langes, hellblaues Kleid mit Puffärmeln, dazu Rüschen an Brust und Saum. Wenn sie sich drehte, raschelte es leise und sie fühlte sich wie eine Prinzessin.

Stolz erklärte sie der Schneiderin:
„Wenn ich groß bin, will ich auch so etwas können! Mein Papa ist Schneider, näht aber meist nur Männersachen."

In der Woche vor der Hochzeit ging Lisa mit Margret zur Dorfkirche. Mit der Brautkerze in der Hand musste das Mädchen ein paar Mal langsam den Mittelgang rauf und wieder runter gehen, was gar nicht so einfach war, denn es durfte ja nicht auf die Kerze schauen, sondern musste geradeaus blicken.

Am Abend vor der Hochzeit konnte Margret vor lauter Aufregung nicht einschlafen, war ein paar Mal aufgestanden, weil sie etwas trinken wollte. Schließlich wurde es Oma Anna zu viel:
„Marsch, marsch, ins Bett mit dir. Ich bringe dir gleich eine Tasse heiße Milch mit Honig und danach wird geschlafen!"

Am nächsten Morgen fuhren alle mit einem Taxi zur Kirche. Bei Glockengeläut und brausender Orgelmusik ging das Brautpaar zusammen mit Margret und den Trauzeugen hinein.

Es war eine sehr feierliche Messe mit anschließender Trauung. Danach fuhren sie zum Fotografen, der das obligate Brautbild machte.

Weil das Mädchen alles richtig gemacht hatte, wurde es später besonders vom Bräutigam, von ihrem Lieblings-Onkel, in den Arm genommen und dafür gelobt.

Zum Mittagessen traf sich die ganze Familie im Wohnzimmer und in der Küche der Brauteltern. Serviert wurde ein normales Sonntagsessen mit Suppe, Braten und Gemüse. Als Nachtisch gab es Vanillepudding mit selbstgemachtem Johannisbeer-Saft.

Zum Kaffeetrinken in der Gaststätte Gartmann, mit ganz viel Kuchen, war auch der Rest der Verwandtschaft eingeladen. Hinterher gab es für die Frauen Likör und für die Männer Schnaps und Zigarren.

Gott sei Dank musste sich Margret nicht um ihre kleine Schwester kümmern. Sie konnte mit den anderen Kindern aus der Verwandtschaft Ball spielen. Von den Erwachsenen kam nur der Spruch: „Passt auf, dass ihr euch nicht dreckig macht!"

Gegen Abend verabschiedeten sich alle Gäste, weil sie sich zu Hause um Hof und Vieh kümmern mussten.

Das Schönste am ganzen Fest war für Margret, dass sie ein langes Kleid aus hellblauen, raschelnden Taft mit einem kleinen Beutel für das Taschentuch bekommen hatte. Und, dass die neue Tante lustig und unkompliziert war.

Oma Dora hatte für Margret, die Ostern 1953 eigeschult wurde, schon im März ein Kleid aus rotem Wollstoff mit einem weißen Kragen und weißen Knöpfen genäht, es in einen Karton verpackt und zur Post gebracht, damit es früh genug auf dem Hof ankam.

Die katholische Grundschule befand sich mitten im Dorf, in einem Haus am Kirchplatz. Es war ein großer Raum in dem vier Jahrgänge gleichzeitig unterrichtet wurden. Heutzutage wäre das undenkbar. Damals aber klappte es prima, denn es war nur eine Frage der Organisation.

Schon zu Weihnachten hatte Margret einen braunen Ledertornister, Tafel und Griffelkasten bekommen.

Lisa begleitete das Mädchen am ersten Tag zur Schule und holte es mittags mit einer großen, bunten Tüte wieder ab, in der sich etliche Süßigkeiten und Malstifte befanden.

Beim üblichen Fototermin, der eine Woche später in der Nähe des Schulhofs stattfand, musste Margret als das kleinste Kind von allen Schülerinnen, auf dem Schoß der Lehrerin sitzen, was sie als ziemlich blöd empfand.

Viele der Mädchen trugen Kleider und darüber eine Schürze. Margret hatte höchst selten eine Schürze vor und wenn, dann nur zu Hause.

Für ihren Schulweg benötigte das Mädchen meist eine knappe Stunde. Die evangelische Schule war nur gut sechs bis sieben Minuten vom Bauernhof entfernt, aber dort durfte sie nicht hingehen, was sie überhaupt nicht verstand. Auch durfte sie nach Oma

Annas Ansicht nicht mit den Nachbarkindern spielen, denn Oma sagte immer:

„Met de ludderschken Blagen wett nich spierlt, de kourmt mi nich uppen Hoff."

Anna war streng katholisch! Weil sie aber auf dem Hof immer genug Arbeit hatte, bekam sie nicht mit, dass Margret ihn heimlich verließ und doch mit den Nachbarkindern spielte.

Mutter oder Oma Anna begleiteten Margret in den ersten Wochen ein Stück auf ihrem Weg zur Schule. Später schaffte sie die Strecke hin und zurück auch alleine.

Ging sie die Bundesstraße entlang, musste sie aufpassen, dass die Truthähne von Bauer Kamer nicht zeternd hinter ihr her liefen, sie womöglich bissen.

Oma Anna sagte dann:

„De staut off roaut. treck blauts nich ne roaute Jacken an."

Lisa schimpfte dann mit ihrer Mutter, aber die ließ sich nicht davon abbringen. Das Ergebnis war, dass Margret ihre neue rote Strickjacke nicht mehr anziehen wollte.

Nahm das Mädchen aber die Abkürzung über den Wiesenweg, weiter durch den alten Steinbruch und es gab Spreng-Alarm, musste sie so lange warten, bis die Sprengung vorüber war. Dann kam die nächste Herausforderung in Sicht.

An heißen Sommertagen liefen dicke rote Wald-Ameisen quer über den schmalen Schotterweg, der durch den Steinbruch und weiter zum nächsten Bauernhof führte. Margret musste allen Mut zusammen nehmen, um dort mit ihren bloßen Füßen, die in luftigen Sandaletten steckten, schnell hindurch zu laufen.

Als kleines Kind hatten die Eltern sie zum Korn mähen mitgenommen und am Feldrand abgesetzt. Erst als das Mädchen zu schreien begann, stellten sie fest, dass dort viele Ameisen waren. Seitdem hatte Margret immer Angst vor den kleinen roten Krabbeltieren.

Es kam aber auch vor, dass auf der Wiese von Bauer Goldmann etliche Bullen standen, nur eingezäunt mit einem dünnen Elektrodraht.

Früh morgens, auf ihrem Weg zur Schule, traute sich Margret nicht daran vorbei zu gehen und lief zurück zum Hof.

Damit sie nicht zu spät zur Schule kam, musste Lisa sie mit dem Moped ins Dorf bringen. Dies ging aber nur, wenn Vater Karl Spätschicht hatte.

Vom Herbst bis zum Frühjahr mussten die Kinder im Vorraum der Schule ihre Schuhe ausziehen und gegen Pantoffeln eintauschen.

Im Klassenraum stand ein großer Ofen, der mit Holz und Eierkohlen beheizt wurde.

Wenn im Winter viel Schnee lag und die Bauern Wege und Straßen mit ihrem hölzernen Schneepflug, der von einem Pferd gezogen wurde, noch nicht geräumt hatten, konnten viele Kinder erst zur zweiten Stunde zur Schule gehen oder mussten sogar zu Hause bleiben.

Als Margret bei Schnee und starkem Frost nur mit Pullover und dicker schwarzer Hose im Klassenraum saß, Karl hatte für beide Mädchen wärmende

Winterhosen genäht, schimpfte die Lehrerin und sagte:

„Du bist doch kein Junge. Ein Mädchen trägt keine Hosen. Morgen ziehst du wieder ein Kleid an!"

Am nächsten Tag begleitete Lisa die Tochter zur Schule und erklärte der Lehrerin, dass auf Grund der Kälte und des langen Schulweges ihre Tochter weiterhin eine wärmende Hose tragen würde. Damit war die Lehrerin aber nicht einverstanden und schlug vor, zusätzlich ein Kleid anzuziehen. Das wiederum wollte Lisa nicht. Schließlich einigten sie sich auf eine Schürze.

In den beiden ersten Schuljahren benutzten alle Kinder eine Schiefertafel mit Griffel und einen kleinen Schwamm zum Abputzen der Tafel, im dritten Jahr Bleistift und Heft und im vierten Jahr durften die Schüler mit einem Füllhalter schreiben, dessen Tank zu Hause, aus einem kleinen Tintenfass, aufgefüllt werden musste.

Im Oktober 1954 erhielt die Bundesrepublik ihre Souveränität unter dem Vorbehalt, dass westalliierte Truppen weiterhin auf dem Bundesgebiet stationiert bleiben durften.

Die Fußballweltmeisterschaft im gleichen Jahr war die erste, die offiziell die Bezeichnung Fußball-Weltmeisterschaft trug. Erstmals wurden die Spiele direkt im Fernsehen übertragen und etwa 90 Millionen Menschen weltweit sahen die Begegnungen vor dem Schwarz-Weiß-Fernseher.

Im legendären Finale wurde Ungarn mit 3:2 von Deutschland geschlagen. Noch heute spricht man vom "Wunder von Bern".

In Paris überrascht der Modeschöpfer Christian Dior die Fachwelt mit einem neuen Stil, der einfachen und geraden H-Linie.

Die neue Modelinie gefiel Vater Karl sehr gut, denn sie war relativ leicht zu nähen, das hatte Oma Dora auch schon festgestellt.
Anfang des Jahres hatte sie ein Kommunionkleid für Margret entworfen und die Zeichnung den Eltern geschickt. Nachdem diese den Entwurf für gut befunden hatten, kaufte Lisa in der Stadt, bei Leffers, den Stoff und schickte ihn als kleines Päckchen nach Wilhelmshaven.
Kurz vor Ostern brachte der Postbote das Paket mit dem fertigen Kommunionkleid, das viel schöner war, als die Kleider der anderen Mädchen, wie Margret später feststellte.
Als Andenken an den besonderen Tag, hatte Oma ihr in einer kleinen Schachtel einen Rosenkranz aus weißen Perlen mitgeschickt.
Von den Eltern bekam Margret ein Gebetbuch und eine Kette mit einem kleinen goldenen Kreuz geschenkt.

Wenn Vater Karl für einen der Bauern eine neue Jacke nähen musste, schaute Margret oft zu. Sie fand es sehr aufregend, wenn der Stoff in Vorder-,

Rückenteil und Ärmel zugeschnitten, dann alle Teile zusammen geheftet und zur Anprobe fertig gemacht wurden.

Blieb ein kleiner Stoffrest übrig, durfte Margret daraus eine Weste für ihre Puppe nähen. Der Vater gab ihr dazu eine größere Nähnadel mit Garn und zeigte ihr, wie man alles zusammen näht.

Stolz brachte sie das fertige Teil zur Mutter, die dann sagte:

„Das Talent zum Nähen liegt dir im Blut, mein Kind."

Der Februar 1956 war der kälteste Wintermonat seit 100 Jahren. Tagsüber sank das Thermometer auf 14 Grad Minus und nachts sogar auf 23 Grad. Den ganzen Monat gab es eine geschlossene, sehr feste Schneedecke von fast einem Meter, sodass die beiden Mädchen rund um den Hof vorsichtig darüber gehen konnten. Sackten sie allerdings ein, konnten sie sich nur mit viel Mühe daraus befreien.

Weil nicht alle Straßen und Wege vom Schnee befreit werden konnten, musste Margret oft zu Hause bleiben, konnte nicht zur Schule gehen.

Auch mussten die beiden Mädchen im Winter, nach dem Abendessen, immer um 18 Uhr ins Bett gehen. Margret schimpfte, weil ihre Mitschüler nie um diese Zeit ins Bett mussten. Aber auf dem Bauernhof verlief das Leben eben etwas anders als im Dorf.

Da mussten die Bewohner nicht nach dem Abendessen ihr Vieh füttern, kaputte Gerätschaften ausbessern sich zusätzlich um Haushalt und Wäsche kümmern.

Lisa war froh, dass sie nach dem Abendessen schnell mit Karl die anfallenden Arbeiten erledigen konnte, ohne zwischendurch auf die Kinder zu achten.

Im April wurde Margrets Schwester Klara eingeschult. Die Eltern hatten sie ein Jahr länger zu Hause behalten, weil sie so klein und zart war.
Sie brauchte für den Schulweg nur halb so viel Zeit wie Margret, da sie vor lauter Angst die ganze Strecke von der Schule bis nach Hause rannte.
Mutter Lisa hatte Mitleid, brachte sie meistens mit dem Moped zur Schule und holte sie mittags wieder ab, was Margret als ungerecht empfand, denn wenn sie ganz normal ging, brauchte sie fast eine Stunde für den Weg.
Außerdem ärgerte es sie, dass ihre Schwester immer die gleiche Garderobe wie sie bekam, egal ob Sommer oder Winter.
Für Oma Dora war es so wohl leichter, da sie das größere Schnittmuster zum Nähen der Kleidung anschließend für die jüngere Schwester nur etwas verkleinern musste.

Wie in jedem Jahr fuhr Vater Karl mit den Kindern in den Sommerferien im Zug nach Wilhelmshafen.
Oma Dora und Opa Friedrich freuten sich immer über den Besuch ihres Sohnes, der die Enkelkinder mitbrachte.
Wenn es schön warm war, fuhren Karl und die Mädchen mit dem Bus zum Genius-Strand um dort zu baden. Hier konnten die Kinder im Sand spielen, Burgen bauen und wenn nicht gerade Ebbe war, am Ufer im Wasser planschen.

Braungebrannt kamen dann alle drei nach zwei Wochen wieder auf dem Hof an.

Wenn das Ferienende nahte, freute sich Margret wieder auf die Schule, was der Lehrer nicht recht verstehen konnte, denn die meisten Schüler fanden die Schule doof, gingen nur notgedrungen dort hin. Margret liebte die Mal- und besonders die Handarbeitsstunden, denn in diesem Fach bekam sie meist die Note Eins.

Leider wurden diese Stunden im Herbst auf den Nachmittag verlegt, sodass es auf dem Heimweg schon dämmrig war.

Als Margret einmal am späten Nachmittag aus der Schule kommend leise vor sich hin singend durch den alten Steinbruch und weiter durch den herbstlichen Wald nach Hause ging, wo zu beiden Seiten des Weges dicke hohen Buchenbäume standen, freute sie sich über das bunte, raschelndes Laub unter ihren Füßen.

Plötzlich entdeckte sie im dichten Unterholz einen schmalen Kopf mit langen braunen Ohren. Vom weichen Waldboden hob sie ein Stöckchen auf und warf es in die Richtung. Blitzartig war der Kopf verschwunden und ein Häschen kam zum Vorschein, blieb witternd stehen, rannte dann aber im Zickzack tiefer in den Wald und wurde von der Dämmerung verschluckt.

„Häschen in der Grube, saß und schlief, saß und…"

Was war das?

Erschrocken hielt sich Magret die Hand vor den Mund, denn etliche Meter vor ihr bewegte sich etwas Großes, Dunkles. Kam direkt auf sie zu.

„Ich habe keine Angst! Ich habe keine Angst!", flüsterte sie mutig. Aber ihr kleines Herz war anderer Meinung. Es klopfte schnell und schneller, überschlug sich fast.

Da...

Wieder ein Knacken und Rascheln. Tritte, die näher und näher kamen. Hastig verließ sie den Weg, versteckte sich hinter einem der dicken Buchenbäume, wagte kaum zu atmen.

„Margret, wo bist du...? Ich bin's, Mama!"

Erleichtert kam Margret aus ihrem Versteck hervor und lief auf sie zu. Als sie vor ihr stand, schrie sie ihre Mama an:

„Warum kommst du mir entgegen? Das hast du doch noch nie gemacht!"

Völlig unkontrolliert schlug sie auf sie ein.

„Nun beruhige dich, Kind. Hab es doch nur gut gemeint. Dachte, es würde dich freuen."

Lisa umarmte die Tochter, drückte sie fest an sich. Dann zerrte sie ihr großes, rotkariertes Taschentuch hervor, wischte Margret die Tränen vom Gesicht und meinte:

„Jetzt ist alles wieder gut!"

„Nur wenn du mich nie, nie wieder abholst. Es sei denn, du sagst mir vorher Bescheid", schniefte sie, fasste nach Mamas Hand und gemeinsam durchquerten sie das letzte Stück des Waldes.

Zehn Minuten später saß Margret in der großen Küche des Bauernhauses, trank eine Tasse heiße Milch und schimpfte auf die Lehrerin, die den Handarbeitsunterricht in die Nachmittagsstunden gelegt hatte.

Im Frühjahr und Sommer wäre es kein Problem für

Margret gewesen, aber im Herbst und Winter hatte sie mit der früh einsetzenden Dunkelheit zu kämpfen. Eine Stunde Schulweg, quer durch feuchte Wiesen, an umgepflügten Feldern entlang und weiter durch den schummrigen Herbstwald, dauerte für ein achtjähriges Kind eine halbe Ewigkeit.

So nach und nach wurde die Arbeit auf dem Hof und auf den Feldern zu schwer für Lisa, da Ehemann Karl ihr mit einem Arm nicht viel helfen konnte. Mit Mutter Annas Einverständnis wurden Hof und Grundbesitz verkauft und als Erbteil einen kleinen Betrag an Lisas Geschwister ausgezahlt. Durch Zufall konnte Lisa relativ günstig einen Bauplatz mitten im Dorf bekommen. Bruder Adolf, der inzwischen Maurerpolier war, erstellte für das neue Haus die Zeichnungen und half beim Aufbau. Alles, was eben ging, wurde in Eigenleistung erbracht. Im Spätherbst 1956 war das neue Haus fertig und die Familie, nebst Oma Anna, konnte einziehen. Der Weg von zu Hause bis zur Schule dauerte für die Mädchen jetzt nur noch gut vier Minuten.

Margret hatte den alten Bauernhof geliebt, vermisste die vielen Tiere, spürte manchmal ein Zerren und Ziehen in der Brust, hatte Sehnsucht, Heimweh nach dem ehemaligen Zuhause.
Völlig in Gedanken war sie einige Wochen später den alten Schulweg in Richtung Hof gegangen. Erst nachdem sie schon die Hälfte des Weges geschafft hatte, wurde ihr bewusst, dass es falsch war und sie umkehren musste.

Als sie der Mutter erzählte, warum sie so spät von der Schule nach Hause gekommen sei, versprach Lisa der Tochter:

„Sobald ich Zeit habe, besuchen wir beide die neuen Besitzer."

An einem Samstagnachmittag war es dann so weit. Zusammen mit Margret ging Lisa zum ehemaligen Bauernhof. Am Ziel angelangt, wurden beide von der Bäuerin hereingebeten. Das Mädchen sah sich um. Nichts war mehr wie früher. Es gab keine blankgeputzten Böden, in der Küche keine Gardinen am Fenster, keine saubere Tischdecke und auch keine Blumen in der Vase. Das klebrige Marmeladenbrot, das ihr die fremde Frau anbot, war umschwärmt von vielen dicken Fliegen.

Ekelig…!

Als es noch der Hof ihrer Eltern war, waren im Sommer die Fenster tagsüber geschlossen und an der Decke hingen lange Fliegenfänger, so dass man in Ruhe essen konnte. Beim Anblick der vielen Fliegen war Margrets Sehnsucht schlagartig gestillt, geheilt. Dies war nicht mehr ihre Heimat. Sie begriff plötzlich, dass sie ein neues Zuhause hatte.

Zu Hause ist da, wo man sich wohl fühlt. Sie hatte es gerade gelernt. Diese Erkenntnis saß für alle Zeit fest verankert in ihrer kleinen Brust.

Weil der Hof verkauft war, sie nicht mehr nachmittags mit den Tieren spielen konnte, saß sie jetzt oft zu Hause am Küchentisch und zeichnete aus

Zeitschriften Frauenfiguren und Modellkleider ab, änderte sie nach der neuesten Mode und nähte unter Anleitung des Vaters einfache Kleider für ihre Puppe. Wenn jemand fragte: „Was möchtest du mal werden?", war ihre Antwort meistens Schneiderin oder Modezeichnerin.

Als das Ende des letzten Schuljahres in Sicht kam, mussten alle Schüler einen Lebenslauf mit Berufswunsch schreiben. Margret wollte immer Schneiderin werden, aber plötzlich wusste sie es nicht mehr so genau und daran war ein Mitschüler schuld.

Nach den Herbstferien hatte sie sich in einen Klassenkameraden verliebt und damit änderte sich auch für kurze Zeit ihr Berufswunsch. Um dem Jungen nahe zu sein, wollte sie im Geschäft seiner Eltern eine Lehre als Verkäuferin beginnen. Mutter Lisa durchschaute den Plan und lehnte ihn strikt ab.

„Hirngespinste, alles nur Hirngespinste, mein Kind. Als nächstes verliebst du dich in einen Klempner und was dann?"

Notgedrungen sah Margret ein, dass Mutter Recht hatte.

Der erste zärtliche Kuss nach einem Treffen mit dem Jungen war ein Traum gewesen und sie hatte heimlich darüber ein Gedicht geschrieben. Deshalb sagte sie:

„Ich könnte ja auch Schriftstellerin werden, aber wo kann man das lernen?"

„Kommt gar nicht in Frage, du setzt unsere Familientradition fort und wirst Schneiderin. Das ist etwas, was dir liegt. Hast du vergessen, wie gerne du

Puppenkleider entworfen und genäht hast", mischte sich der Vater ein.

„Dann werde ich eben Modezeichnerin und verdiene viel Geld!"

Im Geiste sah sich Margret schon in Düsseldorf oder Paris arbeiten. Vater lachte und meinte:

„Zuerst musst du drei Jahre als Schneiderlehrling arbeiten und die Gesellenprüfung mit Gut bestehen, dann sehen wir weiter."

Kurz vor Margrets 14. Geburtstag fuhr Lisa mit ihr in die Stadt, denn das Mädchen brauchte dringend neue Unterwäsche. Das wichtigste Stück war der erste BH, den das Mädchen unter Aufsicht der strengen Verkäuferin in einer Umkleidekabine anprobieren durfte.

Zwei ihrer Schulfreundinnen trugen schon seit geraumer Zeit einen BH, aber bislang war Margrets Busen dafür zu klein gewesen.

Anschließend besuchten sie noch ein Schuhgeschäft, um ein paar graue Pumps mit einem kleinen, spitzen Absatz zu kaufen, die Margret bei der Schulentlassungsfeier tragen sollte.

Auch durfte sie beim Dorffriseur endlich ihre dicken langen Zöpfe abschneiden und sich eine Dauerwelle machen lassen.

Die Schneiderin, die in der Nachbarschaft ein kleines Atelier besaß, war leider nicht mit Margrets Entwurf für das Schulabschluss-Kleid einverstanden und nähte es nach ihren Vorstellungen.

Das Mädchen war darüber traurig. Selbst Oma Dora hätte es besser hinbekommen, denn die hatte auch im Alter noch genug Fantasie um schöne Kleider zu

Entwerfen und zu nähen.

Nach Margrets Zeichnung, eine Schulfreundin hatte sie ihr abgeluchst, bekam diese ein schönes grünes Wollkleid genäht, das von den anderen Mädchen bestaunt wurde.

So wurde die Schulfreundin mehr oder weniger Margrets erste Kundin, für die sie später viele Kleider entwarf und fertigstellte.

In einem großen, bekannten Schneider-Atelier in der Stadt hatte Margret im April 1961 eine Lehrstelle mit einem Gehalt von 45 DM im Monat bekommen. Im zweiten Lehrjahr gab es 60 DM und im dritten Jahr 75 DM.

Die Schneidermeisterin beschäftigte drei Gesellinnen und sechs Lehrlinge.

Zu ihren Kundinnen gehörten etliche Nachbarinnen, reiche Geschäftsfrauen, Theaterdamen und Damen des horizontalen Gewerbes, deren Beruf man den Mädchen im ersten Lehrjahr mit „Unterhaltungs-damen" im Club" erklärte.

Margret fand das sehr spannend. Vor allem, wenn sie die fertigen Kleider in diesen besonderen Häusern abliefern durfte.

Als sie voller Stolz Mutter Lisa davon berichtete, fiel die fast in Ohnmacht, was Margret wiederum nicht verstand, da die Damen unheimlich nett waren und ihr stets reichlich Trinkgeld gaben.

Erich Maria Remarque hatte dem „Clubhaus" sogar ein literarisches Denkmal gesetzt, wobei selbst Experten sich nicht einig waren, ob jenes besondere

Haus, das er in seinem Roman „Der schwarze Obelisk" beschrieb, tatsächlich damit gemeint war.

Oft musste Margret den angemeldeten Kundinnen die Tür öffnen und sie ins Anprobe-Zimmer führen. Um die eventuelle Wartezeit zu überbrücken, zeigte sie der jeweiligen Kundin einige Modehefte.

Modern waren jetzt Etuikleider ohne Kragen, in denen Frauen ihre schlanke Figur zeigen konnten. Weil es ein gerader Schnitt war, konnten auch etwas fülligere Damen ein Kleid dieser Art tragen. Mit einer Jacke, die bis zur Hüfte reichte, entstand so ein vollständiges Ensemble.
Lange, üppige Perlenketten waren zu diesen Kleidern ein modisches „Muss".

Margret half auch beim Aussuchen der Stoffe, zeigte den Kundinnen einfarbige Ware oder ein auffälligeres Pepita-Muster. Dabei handelte es sich um kleine, meist schwarz-weiße Karos, die durch rechtwinklig oder schräg verlaufende Streifen miteinander verbunden waren.
Gerne wurde auch Glencheck, ein kleinkarierter Stoff genommen, der seinen Ursprung in den schottischen Highlands hatte.
Die Damen waren von der Beratung begeistert, lobten das Mädchen und sagten zur Meisterin:
„Diesmal haben Sie aber richtig Glück bei der Suche

nach einem Lehrling gehabt. Die Kleine scheint begabt zu sein."

Margret mochte die Schneidermeisterin, denn sie behandelte ihre Angestellten nicht wie Untergebene, eher wie eine fürsorgliche Mutter.

In der Berufsschule wurde Margret deshalb von den anderen Lehrlingen beneidet, denn sie brauchte nicht wie ihre Mitschülerinnen für die Meisterin private Einkäufe machen, nicht die Wohnung putzen und auch nicht im Haushalt mithelfen.

Wenn es im Winter sehr kalt war, empfing die Meisterin ihre Angestellten morgens an der Haustür mit den Worten:

„In der Küche steht für alle heißer Kakao!"

Überstunden wurden stets vergütet. Wenn eine der Frauen Geburtstag hatte, gab es nachmittags Bienenstich von dem bekannten Bäcker Leysieffer.

Wenn die Zeit dafür knapp war, gab es kurz vor Feierabend für alle eine dicke Bratwurst mit viel Senf und einem krossen Brötchen aus einer stadtbekannten Würstchenbude.

Im ersten Lehrjahr bekam Margret zu Weihnachten von der Meisterin einen Kleiderstoff geschenkt, die dann beim Zuschneiden des Modells und bei der Anprobe half. Nähen musste Margret das Kleid zu Hause.

Im zweiten und dritten Lehrjahr gab es für die Lehrlinge, nach einem gemeinsamen Weihnachts-Essen im Wohnzimmer, einen Ring und für die Gesellinnen eine Kette als Geschenk.

Wenn die Lehrlinge Kleider- oder Rocksäume mit der Hand nähen mussten, durften sie auf eigenen

Wunsch im Wohnzimmer sitzen und sich Schallplatten mit Musik oder Arien aus verschiedenen Opern anhören. Auch konnten sie sich für zu Hause Lesestoff aus dem großen Bücherregal mitnehmen, was Margret ausgiebig nutzte, da sie von klein auf eine richtige Leseratte war.

Bis zum Sommer des zweiten Lehrjahres hatte sie etwas Geld gespart und meldete sich zusammen mit einer Kollegin zu einem Tanzkurs an.
Mit dem Schlager von Conny Froboess „Zwei keine Italiener" lernten sie Foxtrott.
Gerhard Wendler sang „Tanze mit mir in den Morgen", während sich die Paare mit dem langsamen Walzer abmühten.
Rock'n'Roll wurde nach den Liedern von Elvis Presley gestanzt, der weltweit als der „King of Rock'n'Roll" bezeichnet wurde.
Aber es gab auch einen deutschen „King" und zwar Peter Kraus. Eines seiner Lieder, das Margret besonders liebte hieß:
„Va bene, va bene, ich bin ja so verliebt und zwar in dich Signorina. Va bene, va bene, wie schön, dass es dich gibt. Sag mir si si oder ja"
Wenn man zu Rock'n'Roll Musik tanzen wollte, musste man flache Schuhe anziehen, damit man Kicks, Sprünge und Hebefiguren einfügen konnte.
Die Mädchen trugen beim Tanzen meistens Kleider mit eng anliegenden Oberteilen und weiten Röcken, unter denen sich abstehende, gestärkte Petticoats befanden.
Die jungen Männer erschienen schon vereinzelt im Polohemd. Daneben rangierte der bequeme Freizeit-

Anzug, während durch den Film „Blue Hawaii", in dem Elvis Presley mitspielte, das Hawaii-Hemd wieder in Mode kam.

Nach Chubby Checkers „Let's Twist again" übten alle den neuen schnellen Modetanz mit allerlei Verrenkungen.

Als Margret den Tanz zu Hause vorführte, schüttelte Oma Anna den Kopf und meinte: „Das sieht ja aus wie bei den Hottentotten im Urwald!"

Wenn das Mädchen Radio Luxemburg hörte, die Musik etwas lauter gestellt hatte, schimpfte Oma: „Das Gekreische kann man ja nicht am Kopf haben", und verließ demonstrativ die Küche.

Oma Anna war eine alte Bauernfrau, kannte nur Tierlaute, Schifferklavier, Volkslieder und die frommen Gesänge in der katholischen Kirche.

Zum Abschlussball nähte sich Margret ein schönes Kleid aus hellblauem Chiffon, was ziemlich schwierig war, da der Ausschnitt eine Bogenkannte aus einem schmalen, schlauchartigen Streifen bekommen sollte. Die zwei Zentimeter breiten Streifen mussten doppelt gelegt, daran lang genährt und mit einem Faden auf Rechts durchgezogen werden.

Weil die Meisterin aber nach Feierabend die Anprobe übernahm und kleine Tipps gab, passte das fertige Kleid gut und sah mit dem weiten, etwas tiefer angesetzten Rock sehr schön und beschwingt aus.

Im Herbst belegte Margret an der Volkshochschule einen Zeichenkurs, was sich gut auf die Modezeichnungen in ihrem Berichtsheft so wie im

Unterricht in der Berufsschule auswirkte, da sie die genauen menschlichen Proportionen gelernt hatte. Nach der Berufsschule ging sie einmal im Monat mit einer Freundin ins Kino. Meistens sahen sie sich Liebesfilme an, aber auch James Bond-Filme mit Sean Connery. Zum Beispiel „Goldfinger", in dem auch der deutsche Schauspieler Gert Fröbe mitspielte.

Im letzten Lehrjahr kaufte sich Margret von ihrem gesparten Geld und mit einem Zuschuss von den Eltern eine eigene Nähmaschine, die man in einem kleinen Schrank versenken konnte. Jetzt klappte es dünne Seidenstoffe aber auch dicke Mantelstoffe mit den passenden Nähmaschinennadeln zu nähen, ohne dass dauernd der Faden riss. Außerdem hatte die Maschine einen Zickzack-Stich zum Versäubern der Nähte und eine automatische Knopflochvorrichtung, so dass Margret diese Arbeiten nicht mehr mit der Hand ausführen musste.

Auch war die neue Nähmaschine eher etwas für zarte Mädchenhände, als die alte, schwere Schneidermaschine ihres Vaters, die sie bisher benutzt hatte.

In den 60er Jahren galt bei Männern, meist Angestellte in einer Firma oder im Büro, der Anzug mit Hemd und Krawatte als unverzichtbar, während die Anzugjacke am Abend oft durch einen Pullover mit V-Ausschnitt ersetzt wurde, den Mann über ein dezent gestreiftes Hemd trug.

Allerdings war am Sonntag, in katholischen Gegenden, das weiße Hemd mit Manschettenknöpfen immer noch Pflicht.

Viele Frauen trugen zu der Zeit die Hippi-Mode: lange, weite Batikkleider in bunten, oft grellen Farben, während die Haare mit Blumen geschmückt wurden. Deshalb nannte man sie auch häufig "Blumenkinder".

Die neue Mode, der Minirock, von der Erfinderin Mary Quant, den das super schlanke englische Model Twiggy vorführte, erreichte auch Deutschland. Viele lehnten ihn anfangs ab, betrachteten ihn als skandalös. Drei Jahre später wurde er weltweit zum Verkaufsschlager.

Der französische Modedesigner, André Courréges, half dabei mit, in dem seine Entwürfe alle die neue kurze Länge hatten.

Mary Quant bekam für ihre neue, jugendliche Kreation im Buckingham Palast einen Orden verliehen.

Passend zum kurzen Rock wurden auch die ersten dicken Strumpfhosen für den Winter hergestellt.

Gut für Margret, denn nun konnte sie auf der neuen Nähmaschine ihre Kleider und Röcke kürzen, konnte zum Versäubern der Nähte und Säume den Zickzackstich benutzen, damit sie nicht ausfranzten.

Anfang Dezember schneite es und starker Dauerfrost setzte ein, der kurz vor Weihnachten seinen Höhepunkt erreichte. Die Meteorologen stellten fest, dass es der zweitstrengste Winter des Jahrhunderts war.

Margret hatte Gott sei Dank zwei Wochen Urlaub, brauchte nicht raus in die Kälte.

Nach drei Lehrjahren fand Ende Januar für Margret die Gesellenprüfung statt, wofür ihr besonders Vater Karl und auch Oma Dora die Daumen drückten. Die mündlichen Fragen im Bereich der Fachkunde waren besonders schwer. Es handelte sich um die Herstellung eines Synthetik-Fadens, dessen Ablauf genau erklärt werden musste, was sehr kompliziert war. Aber weil die Industrie zunehmend Stoffe aus Kunststoffmaterialien herstellte, musste man es wissen.

Blusen und Oberhemden wurden teils aus kaum luftdurchlässigen Nylon-Stoffen hergestellt, die man nach dem Waschen nass aufhängen musste und nach dem sie trocken waren, ohne bügeln wieder anziehen konnte.
Nach zwei, drei Jahren war der Trend allerdings vorbei und man kaufte wieder atmungsaktive Baumwollstoffe.

Einen Tag später folgte die praktische Prüfung, in der alle Teilnehmerinnen ein Hemdblusenkleid nähen mussten. Das Zuschneiden und die Anproben übernahmen die jeweiligen Meisterinnen.
Das Beziehen der Knöpfe und der Gürtelschnalle aus dem übriggebliebenen Stoff war für alle Prüflinge die schwierigste Aufgabe.
Das Musterstück aus Flanellstoff, in das Taschen,

Knopflöcher, gepaspelte Blenden und Säume eingearbeitet werden mussten, war für Margret relativ leicht herzustellen.

Sie hatte Glück, schaffte alles in der vorgegebenen Zeit und schloss die theoretische und praktische die Prüfung mit „Gut" ab.

Stolz zeigte sie den Gesellenbrief ihren Eltern und schickte Oma Dora eine Kopie, die sich freute, dass ihre Enkelin auch diesen schönen und kreativen Beruf ergriffen hatte, die Nähkunst somit in der Familie fortgesetzt wurde.

Schade war allerdings, dass Margret nicht weiter bei der Meisterin im Atelier arbeiten konnte.

Zusammen mit dem Gesellenbrief und dem Zeugnis bewarb sie sich bei einem Modehaus, das eine Änderungsschneiderin suchte. Sie bekam die Stelle, die auch im Verhältnis zum Schneiderberuf besser bezahlt wurde.

Wenn eine Kundin den Rock oder das Konfektionskleid enger oder kürzer haben wollte, wurde Margret von der Verkäuferin gerufen, musste alles mit Nadeln abstecken und anschließend ändern.

Sehr begehrt waren neuerdings helle, modische Damenhosen, die von den Frauen als Errungenschaft der Gleichberechtigung gewertet wurden.

Die Hosenlänge passte meistens, musste selten von geändert werden.

Ende Oktober meldete sich Margret im Dorf bei der Fahrschule an. Nach etlichen Schul- und Fahrstunden musste sie die schriftliche Prüfung ablegen, die sie auf Anhieb bestand.

Mitte November und im Dezember hatte es viel

Schnee und auch öfters Glatteis gegeben, so profitierte sie auch später davon, dass sie in Begleitung des Fahrlehrers gelernt hatte wie man bei diesem Wetter Auto fährt.

Die Fahrprüfung, als einzige Frau in einer Männerrunde, bereitete ihr etwas Bauchkribbeln. Vor allem, da es hieß, der Prüfer sei kein Freund von Frauen am Steuer.

Margret hatte wieder mal Glück, kam als Letzte an die Reihe und weil es schon Mittag war und der Prüfer Hunger hatte - er dachte wohl nur an sein Essen - dauerte das Ganze nur gut fünf Minuten.

Einsteigen, sich umschauen, losfahren, rückwärts in die nächste Parklücke und schon war sie fertig, hatte die Prüfung bestanden und bekam den Führerschein.

Ihr Traum war es, sich in ein oder zwei Jahren einen gebrauchten VW-Käfer zu kaufen, damit sie nicht immer mit dem Bus zur Arbeit fahren musste.

Im Frühjahr nähte sie für sich die neue Sommergarderobe und für Mutter Lisa zwei Blusen und einen Rock. Die Schnittmuster hatte sie aus der Zeitschrift „Burda Mode" kopiert, die sie sich nach Bedarf kaufte.

Als ihre Schwester bekannt gab, dass sie heiraten wolle, entwarf Margret ein schönes langes Brautkleid mit einem Bolero-Jäckchen, das sie aus weißen Satinstoff nähte. Das fertige Kleid passte und sah angezogen sehr edel aus.

Diese Arbeit erinnerte sie daran, dass sie einst vorhatte in Düsseldorf auf die Schule für Modezeichner zu gehen, aber dafür hätte sie monatlich ein relativ hohes Schulgeld bezahlen und sich dort ein Zimmer nehmen müssen. Leider konnten die Eltern Margret finanziell nicht unterstützen und so musste sie ihren Traum wohl oder übel aufgeben.

Anfang des Sommers ging sie Samstagabends oft mit einer Freundin zum Tanzen und lernte einen netten jungen Mann kennen, in den sie sich nach etlichen Treffen verliebte.
Im Sommerurlaub wollte Margret mit ihm für zwei Wochen verreisen, doch Mutter Lisa verbot es. Verärgert fragte Margret:
„Warum darf ich das nicht? Bald bin ich 21 Jahre alt, also volljährig und kann danach sowieso machen was ich will! Außerdem brauchst du meinen Urlaub nicht bezahlen. Ich verdiene selber genug."
Schließlich stimmte Lisa zu. Dem Vater war es egal, er würde seinen Urlaub auch gerne mal wo anders verbringen, statt immer zu seinen Eltern nach Wilhelmshaven zu fahren.
Als Lisa hörte, dass die jungen Leute nach Mallorca fliegen wollten, war sie wieder dagegen und rief:
„Um Himmelswillen, ihr könntet abstürzen!"
„Natürlich können wir das! Ich kann aber auch hier auf der Straße, direkt vor unserem Haus, überfahren werden, bin Querschnittsgelähmt und muss im Rollstuhl sitzen. Wenn ich von da oben aus dem Flugzeug falle, bin ich wenigstens sofort tot."
Entgeistert sah Lisa die Tochter an und erkundigte sich:
„Was sagen denn seine Eltern dazu?"
„Die haben nichts dagegen. Sie machen zur gleichen

Zeit Urlaub in Bayern."
Notgedrungen erlaubte Lisa der Tochter die Reise, obschon sie innerlich dagegen war, denn für ein katholisches Mädchen war es nicht in Ordnung, mit einem Mann zu verreisen mit dem es nicht verheiratet war.

Für den Badeurlaub hatte sich Magret ein paar bunte Sommerkleider, einen gelben Bikini und die dazu passende Frotteejacke genäht. Mit dem Zug fuhren sie zum Airport nach Düsseldorf: Koffer aufgeben, durch die Kontrolle gehen und in der Abflughalle warten.

Endlich war es soweit. Aufgeregt saß sie mit ihrem Freund zum ersten Mal in einem Flugzeug und nachdem es abgehoben hatte, konnten sie durch das kleine Fenster auf die Erde herab sehen. Ein unvergesslicher Augenblick!

Nach gut zwei Stunden landeten sie in Palma de Mallorca. Ein Reisebus des gebuchten Unternehmens brachte sie zum Hotel, das direkt am Sandstrand lag. Ihr Zimmer hatte einen Balkon mit Meerblick, sodass sie beim Einschlafen das Rauschen der Wellen hören konnten.

Am letzten Abend verlobten sie sich, saßen auf dem Balkon und stießen mit einem Glas Asti-Spumante auf ihre Liebe an, während die Sonne langsam blutrot am Horizont im dunklen Meer versank.

Die zwei Wochen Urlaub waren für beide wie vorgezogene Flitterwochen gewesen. Einfach herrlich!

Im Herbst musste Margrets Verlobter für 1 ½ Jahre zur Bundeswehr und so beschlossen sie vorher zu heiraten, weil die Ehefrau dann eine Art Trennungsgeld bekam, das sie gut für die Einrichtung ihrer kleinen, gemieteten drei Zimmer-Wohnung gebrauchen konnten.

Margret überlegte, wie ihr Brautkleid aussehen sollte. Nach mehreren im Papierkorb gelandeten Entwürfen, hatte sie endlich die richtige Eingebung. Es sollte ein langes weißes Kleid sein, das sie später abschneiden und im nächsten Jahr als kurzes Sommerkleid mit einem farbigen Gürtel an Festtagen anziehen könnte.

Tage später fuhr sie in die Stadt um sich im Großhandel etliche Stoffe anzusehen und um eventuell einen davon zu kaufen.

Die schönen weißen Spitzen- und schweren Duchesse-Satinstoffe mit dem einzigartigen Glanz, den kein anderer Stoff bieten konnte, ließen sie auf Wolke sieben schweben, während die ältere Verkäuferin vor ihr auf den Knien lag und ächzend den untersten Stoffballen aus dem Regal hervorzog.

Die Frau tat ihr leid, aber dieser leicht schimmernde Seidenstoff war genau das Richtige für ihr Kleid. Es sollte im Empirestil genäht werden, sollte schlank machen, sollte das Bäuchlein verdecken, denn der tolle Badeurlaub war nicht ohne Folgen geblieben.

Auf ihrer Zeichnung hatte das Kleid Spaghettiträger und eine kleine Schleppe, dazu ein Bolerojäckchen, hinten geknöpft und mit langen Ärmeln. Das war Mutter Lisas Wunsch gewesen, nachdem Magret ihr den Entwurf gezeigt hatte.

„Ohne Jacke siehst du in der Kirche als Braut mit den dünnen Trägern zu nackt, zu unanständig aus", hatte sie gemeint. Allerdings musste Margret zugeben, dass es ohne Bolero auch zu kalt sein würde.

Apropos Kirche. Das war vielleicht ein Theater! Lisa und Karl wollten für die Tochter unbedingt eine katholische Trauung mit Brautmesse.

Schwiegereltern wollten für den Sohn lieber eine evangelische Trauung.

Das Brautpaar aber wollte nur eine standesamtliche Trauung. Doch damit waren beide Elternteile nicht einverstanden.

Auf Tante Mias Rat hin sollte es eine ökumenische Trauung mit einem langen weißen Brautkleid geben.

„Das kannst du nicht machen, bist doch schon im vierten Monat schwanger!" Aufgebracht hatte Schwiegermutter den Kopf geschüttelt.

„Na und?", andere Frauen sind oft schon viel weiter", war Magrets Antwort gewesen.

„Aber die Leute, die Leute ..."

„Wichtiger als die Kleiderordnung ist natürlich, dass ich überhaupt heirate und das Kind einen Vater bekommt, nicht wahr? Was sollen sonst die Nachbarn von uns denken, schließlich sind wir nicht bei den Hottentotten."

Lächelnd hatte sich Margret über den Bauch gestrichen.

Nun stand sie hier im Großhandel und hatte sich endlich für einen Stoff entschieden. Er kostete zwar ein kleines Vermögen, war aber immer noch günstiger als ein fertiges Kleid, das Tante Mia ihr an Hand eines Prospektes aufschwatzen wollte.

„Eine Wolke aus Spitze und Tüll, der Traum eines jeden Mädchens!", hatte sie gemeint.

„Hast ja Recht, liebste Tante. Aber den Umständen entsprechend passe ich in so was nicht mehr rein. Außerdem werde ich mein Brautkleid selber nähen. Was ich jedoch kaufen muss, sind Spitzen-Handschuhe und ein kurzer Tüllschleier."

Beides erstand Margret in einem kleinen Geschäft gegenüber dem Großhandel. Frau Maneke, die Inhaberin, war sehr hilfsbereit und steckte ihr provisorisch den Schleier ins Haar. Das sah unmöglich aus.

„Hier habe ich noch einen ganz schlichten Schleier mit einer schmalen Satinkante. Ihre Haare müssten zu einem Lockentuff aufsteckt und der Schleier daran befestigt werden. Sie raffte Margrets Haare zusammen, steckte den Schleier daran fest und meinte:

„So sieht es gut aus!"

Sie lächelte, während Margret sich abschätzend im Spiegel betrachtete, hin und her drehte und „Ganz in Weiß mit einem Blumenstrauß" summte. Ein Schlager, den Roy Black gesungen hatte.

Margret grinste, dachte dabei an ihren Verlobten. Mit Roy Black hatte der nun wirklich keine Ähnlichkeit. Ihr Schatz sah eher wie ein blonder Wikinger aus.

„Pass bloß auf, dass du nicht unter die Räder kommst", hatte Mutter gewarnt, nachdem sie ihn das erste Mal gesehen hatte.

„Dieser Beutegeier, dieser gezähmte Nordmann, hat es faustdick hinter den Ohren. Und evangelisch ist er auch!"

„Prinzessin Beatrix hat doch auch den Claus von Amsberg geheiratet. Da hat keiner was gesagt", war Margrets Antwort gewesen.
„Das ist was ganz anderes. Du bist keine Prinzessin. Du bist nur eine „vom Dorf", hatte der Vater aus dem Wohnzimmer in Richtung Küche gerufen, was Margret ziemlich gemein fand.
Die Anprobe des Brautkleides übernahm eine Kollegin aus dem Modehaus, denn das traute sich Vater Karl dann doch nicht zu.
Für die Standesamtliche Trauung hatte sich Margret ein kurzes, zweiteiliges Kleid, also Rock und Jacke aus weißem Baumwollgarn gehäkelt, das um 1967 sehr modern war.

Die kirchliche Trauung fand am Nachmittag des nächsten Tages statt. Kurz bevor sie mit dem geschmückten Auto zur Kirche fuhren überreichte der Bräutigam der etwas nervösen Braut einen Blumenstrauß aus Maiglöckchen und lila Orchideen, schön gebunden mit viel Grün und langen weißen Schleifenbändern.
Die Damen trugen zum Teil lange Abendkleider im Empire-Stil, deren Oberteile mit Perlen oder Strass-Steinen verziert waren.
Cousinen der Braut waren in engen Hosen mit Samt-Bolero oder einem Lurex-Anzug erschienen.
Die Herren hatten alle einen dunklen Anzug mit Krawatte oder einen Smoking mit weißem Hemd und Fliege angezogen.
Mit allen Verwandten und Bekannten wurde nach der Trauung im großen Saal eines Hotels gefeiert.
Nachdem die Kaffeetafel beendet war, spielte eine

Drei-Mann-Kapelle mit flotten, rhythmischen Schlagern zum Tanzen auf.

Am späten Abend waren alle Gäste mit der Feier zufrieden, hatten gut gegessen, getanzt und sich viel unterhalten.

Margret und ihr Mann verbrachten die Hochzeitsnacht im Hotelzimmer, fielen mitten in der Nacht todmüde ins Bett.

Am anderen Morgen besahen sie sich ihre Geschenke. Wie damals üblich, lag bei den meisten Glückwunschkarten ein Umschlag mit Geld, so dass sie beim Verlassen des Hotels selber nicht allzu viel für die Feier zuzahlen mussten.

Weil Margrets Mann nur am Wochenende von der Bundeswehr nach Hause kam, hatte sie nach ihrer Arbeit im Modegeschäft abends noch genügend Zeit um für Freunde und Nachbarn neue Kleidung zu nähen. Damit sie nicht wegen Schwarzarbeit angezeigt wurde, hatte sie sich bei der Handwerkskammer als Änderungsschneiderin angemeldet.

Mit dem von ihr zusätzlich erarbeiteten Geld konnte sie sich einige Sachen zur Verschönerung der eigenen kleinen Wohnung kaufen.

Die Schwangerschaft verlief ohne Komplikationen. Margret hatte sich Umstandskleider genäht und für das zu erwartende Kind viele Sachen in Gelb gestrickt und gehäkelt, da sie ja nicht wusste ob es Mädchen oder ein Junge sein würde.

Die weiße Ausfahrgarnitur - so nannte man das früher - war ein dickeres weißes Jäckchen mit Mütze, die sie für Spazierfahrten des Babys im Kinderwagen gehäkelt hatte.

Mutter Lisa war nach wie vor der Ansicht, dass sie noch zu jung für eine Oma sei, sich aber notgedrungen damit abfinden müsse.

Margret hatte ihrem Arbeitgeber mitgeteilt, dass sie nach der Geburt nicht mehr als Schneiderin arbeiten könnte, da sie sich um das Kind kümmern müsse. Der Chef bedauerte ihre Kündigung, überreichte ihr aber ein gutes Zeugnis.

Als die Geburt nahte, die Wehen in regelmäßigen Abständen kamen, brachte ein Nachbar Margret und ihre Mutter mit seinem Wagen zum Hospital. Lisa begleitete ihre Tochter zur Entbindungsstation und tröstete sie mit den gleichen Worten, die ihre Mutter schon zu ihr gesagt hatte:

„Wenn das Kind erst da ist, hast du alle Schmerzen vergessen."

Margret aber dachte: ‚Hoffentlich geht alles gut', und drückte sich selbst die Daumen.

Damals gab es noch keine Rückenmarkspritze, höchstens etwas Lachgas zur Schmerzlinderung. Kurz vor Mitternacht kam das Kind auf die Welt.

„Es ist ein Mädchen", sagte die Hebamme und legte die Kleine auf Margrets Bauch. Zärtlich strich sie der Tochter über den Rücken und genau wie ihre Mutter gesagt hatte, waren die starken, schmerzenden Presswehen vergessen, zu mindestens verdrängt.

Am nächsten Vormittag erschien ihr Schwiegervater mit einem riesigen Strauß roter Rosen, denn sein Wunsch eine Enkeltochter zu bekommen war in Erfüllung gegangen.

Als er sich verabschiedet und die Tür hinter sich geschlossen hatte, bedauerten die beiden Zimmergenossinnen Margret und meinten ein wenig abfällig: „Du hast aber einen alten Ehemann. Konntest du keinen jüngeren finden?"

„Warum denn? Das Alter hat doch auch seine Vorzüge."

Margret grinste anzüglich. Dann lachte sie laut und erklärte ihnen:

„Das war mein Schwiegervater. Er hat sich immer eine Enkeltochter gewünscht und nun ist sein Wunsch in Erfüllung gegangen. Mein Ehemann ist bei der Bundeswehr. Er musste erst Sonderurlaub einreichen, damit er mich besuchen kann. Bestimmt kommt er morgen."

Als er dann einen Tag später erschien, war Margret glücklich und die beiden Zimmergenossinnen beruhigt.

Wenn Magret ein paar Wochen später mit dem Bus in die Stadt fahren wollte um einige Nähzutaten einzukaufen, passte Opa Karl auf die Kleine auf.

Er wärmte die Milchflasche für das Kind, fütterte es und wenn es die Windeln voll hatte, wechselte er sie. Für ihn war es eine stramme Leistung, denn im Krieg hatte er seinen linken Arm verloren, musste alles mit der rechten Hand erledigen, wofür Margret ihn bewunderte.

Im Jahr 1969 betrat Neil Armstrong als erster Mensch den Mond und ein Menschheitstraum ging in

Erfüllung. Die ganze Welt verfolgte gespannt das faszinierende Abenteuer.

Für Margret und ihrem Mann begann nach der Bundeswehrzeit das Abenteuer einer richtigen Ehe, denn bislang hatten sie sich nur an den Wochenenden gesehen.
Nun konnten sie in der eigenen Wohnung gemeinsam das erste Weihnachtsfest mit einem Tannenbaum, behangen mit Silberkugeln, viel Lametta und etwas Sprühschnee feiern. Es gab ein paar kleine Geschenke und dazu die strahlenden Augen der kleinen Tochter, die sich über einen dicken Teddy freute. Allerdings war die Kleine vom Tannenbaum, eine Blaufichte, nicht so begeistert, denn die Zweige, die sie anfasste, piekten sehr.
Für Margret ein Pluspunkt, denn fortan wurde der Baum von dem Kind in Ruhe gelassen.

Als im Frühjahr, in der Nähe ihrer Wohnung, ein Bauplatz auf Erbpacht angeboten wurde und beide Elternteile etwas Geld zusteuern wollten, unterschrieben sie den Vertrag und ließen für sich ein relativ großes Haus bauen.
In der ersten Etage zogen die Schwiegereltern ein und das Dachgeschoss wurde vermietet.
Margret bekam im Keller zwei Räume mit einer Kundentoilette, um sich dort ein eigenes Schneider-Atelier einzurichten.
Endlich hatte sie genügend Platz. Im ersten kleineren Raum stand ein Schreibtisch für alle Unterlagen und Rechnungen und an der Wand hing ein großer langer Spiegel, damit sich die Kunden bei

der Anprobe sehen konnten.

Hier war es auch viel angenehmer ihre Kundschaft zu beraten, als früher in ihrer kleinen Küche.

Im hinteren zweiten Raum befanden sich ein Schrank zum Aufbewahren von Stoffen und Nähzutaten, ein Bügelbrett, die Nähmaschine und ein großer Tisch zum Zuschneiden der Modelle, an dem Margret auch Kleider, Blusen und Röcke für ihre Kunden entwerfen konnte.

Am besten jedoch gefiel es ihr, Abend- und Brautkleider zu nähen, denn dafür konnte sie den doppelten Preis verlangen.

Einmal behauptete ein Mann bei Abholung der geänderten Garderobe seiner Frau:

„Das haben Sie gut gemacht, aber bezahlen tue ich dafür nicht."

„Soll es ein Scherz sein?"

Fragend sah Margret ihn an.

„Nein! Da es ja Schwarzarbeit ist, dürfen Sie dafür gar nichts nehmen."

Mit der Kleidertüte in der Hand drehte er sich um und wollte gehen. Margret erklärte ihm, dass alles ordnungsgemäß angemeldet sei. Doch er lachte nur, während Margret zielstrebig auf ihn zuging und ihm die Tüte wegnahm. Voller Wut rief er:

„Das werden Sie noch büßen. Ich zeige Sie bei der Gemeinde an!"

Mit einem lauten Knall schmiss er die Tür hinter sich zu und verließ wutschnaubend das Haus.

Kopfschüttelnd ließ sich Margret auf den nächsten Stuhl fallen und atmete erst mal tief durch. So etwas war ihr im ganzen Leben noch nicht passiert.

‚Hat er sich vorher mit seiner Frau über die Modernisierung ihrer Garderobe gestritten und lässt es nun an mir aus? Ist ihm der ganze Aufwand zu teuer?'

Margret überlegte hin und her, sagte sich dann aber: „Er soll doch froh sein, dass sie sich bei mir keine neuen Kleider nähen lässt!"

Zwei Tage später rief Karla, eine Angestellte aus dem Gemeindebüro, mit der Magret befreundet war an und fragte:

„Margret, kennst du einen Herrn Strauchmann?"

„Ja, natürlich!"

Insgeheim musste sie lachen, denn sie ahnte schon was kommen würde. Und richtig!

„Stell dir vor, der war gestern bei mir und wollte eine Anzeige wegen Schwarzarbeit aufgeben. Als ich fragte: welche Firma wollen Sie denn belangen, richtete er sich gerade auf und erklärte mir wichtigtuerisch:

„Firma, dass ich nicht lache. Eine Hausfrau, die nebenbei heimlich Geld verdienen will. Aber mit mir nicht!"

Als ich mich bei ihm erkundigte wie denn der Name der Frau sei, nannte er mir deinen Namen. Ich habe ihn angesehen, gelacht und dann gesagt, dass alles seine Richtigkeit hätte, die Frau angemeldet sei und Steuern bezahlen würde. Unter meinem strengen Blick ist er rot angelaufen, hat etwas vor sich hin gebrabbelt und eilig das Büro verlassen. Ich habe ihm noch nachgerufen:

„Von mir aus, kann die Frau Tag und Nacht arbeiten und haufenweise Geld scheffeln."

„Das hast du gut gemacht, vielen Dank auch. Allerdings hätte er sich den Versuch einer Anzeige sparen können, da ich ihm den Sachverhalt schon erklärt hatte. Aber wie heißt es so schön: Wer nicht hören will, muss fühlen. Bin schon gespannt, wer die Kleider abholt und ob sie dann bezahlt werden."

Tage später kam Frau Strauchmann um ihre Sachen abzuholen. Sie entschuldigte sich für ihren Mann, bezahlte und gab sogar ein Trinkgeld. Aber als Kundin erschien sie nie wieder. Es war ihr wohl zu peinlich gewesen.

Näharbeiten, Haushalt und ein zweites Kind ließen sich sehr gut miteinander kombinieren, da Margrets Wohnung jetzt immer aufgeräumt, nur noch für die Familie da war.

Mit ihrem Verdienst und dem ihres Ehemannes konnten sie die monatliche Hypothek für das Haus bezahlen und hatten auch noch genug zum Leben, so dass Margret endlich ihren langersehnten Traum vom eigenen Auto wahrmachen konnte.

Ein Bekannter, der in einer Autowerkstatt arbeitete, besorgte ihr für 2.000 DM einen creme-weißen VW 1302 und von ihrem Versicherungsvertreter konnte sie günstig einen Vertrag für das Auto übernehmen.

Im Sommer fuhr Margret oft mit Mann und Kinder übers Wochenende nach Wilhelmshaven zu Vaters jüngstem Bruder mit Frau. Gemeinsam gingen sie am Südstrand spazieren oder fuhren nachmittags zum Baden an den Genius-Strand.

Falls es regnete, gab es jetzt ein Kleidungsstück mit Kapuze, das sich für alle Altersgruppen eignete: der gelbe „Friesennerz", wasserdicht und aus PVC hergestellt! Diese Regenschutz-Jacke hatte alles, was einen Dauerklassiker in den 70ziger Jahren auszeichnete. Ob sie gefiel oder nicht; sie war praktisch und wurde Kult.

Nachdem Margrets Mann ein paar Mal die Arbeitsstellen gewechselt hatte und dann arbeitslos wurde, überlegte sie:

‚Wie kann ich mehr Geld verdienen, damit wir das Haus weiter abbezahlen können, denn so schnell findet er keine neue Arbeit'.

Nach einem Arztbesuch stellte sie fest, dass die Familie gar nicht mehr krankenversichert war.

Als sie ihren Mann deshalb befragte, kam heraus, dass er sich nicht arbeitslos gemeldet hatte und somit auch kein Geld vom Amt bekommen würde.

„Was hast du dir dabei nur gedacht? Willst du uns ruinieren?"

Er zuckte nur mit den Schultern, drehte sich um und machte sich auf den Weg zur nächsten Kneipe, kam erst spät abends ziemlich betrunken nach Hause.

Als Margret in der Tageszeitung, die Vater Karl manchmal vormittags vorbeibrachte, die Anzeige las, dass in der Stadt eine Leiterin für Nähkurse gesucht

wurde, rief sie dort an und bekam die Stelle.
Einmal in der Woche musste sie abends für drei
Stunden die angemeldeten Teilnehmerinnen unter-
richten, ihnen die Grundkenntnisse im Nähen
vermitteln. Die Arbeit wurde gut bezahlt und die
Teilnehmer waren zufrieden.
Aus „Blue-Denim-Stoffen" wurden nach Schnitt-
mustern aus der Burda-Zeitschrift Röcke und Jacken
sowie für die Kinder Hosen genäht.
Die moderne Jeans-Kleidung war zeitlos und wurde
von Jungen, Mädchen, Männern und Frauen
gleichermaßen gerne getragen.
Am Ende des zehnwöchigen Kurses hatten alle
Teilnehmer einiges gelernt.

Trotz vieler Arbeit und Bemühungen konnten sie
das Haus nicht halten. Dauernd stritt sich Margret mit
ihrem Mann, weil er immer noch keinen neuen
Arbeitsvertrag hatte und sich auch nicht darum bemühte, sondern schon tagsüber in der Kneipe saß.
Seit einiger Zeit hatte er auch eine Freundin, die er
immer besuchte, wenn seine Frau abends in der Stadt
den Nähkurs leitete, was einem Bekannten des
Ehemannes im Gespräch mit einem Nachbarn
unbeabsichtigt herausgerutscht war.
Der hatte nichts Besseres zu tun, als es umgehend
Margret mitzuteilen.
„Wenn ich schon so viel arbeiten muss, dann lieber
für meine Töchter und mich, aber auf keinen Fall für
einen Mann, der dauernd in der Kneipe hängt und
nichts tut. Womöglich gibt er bei seiner Freundin
damit an, dass ich so dumm bin und vor lauter Arbeit

nichts mitbekommen würde. Aber jetzt ist Schluss, ich werde die Scheidung einreichen."
Der Nachbar nickte nur, denn er war schon länger der Ansicht, dass ihr Mann sich nicht ändern würde.

Eine sehr stressige Zeit für die junge Frau, denn die Bank ließ nicht weiter mit sich verhandeln, wollte endlich Geld von den Eigentümern.
Also blieb ihnen nichts anderes übrig, als das Haus zu verkaufen.
Zusätzlich musste sich Margret um eine neue Wohnung kümmern, was gar nicht so einfach war. Viele Vermieter hatten alle möglichen Bedenken gegenüber einer alleinstehenden Frau mit zwei Kindern und ohne eine feste Anstellung.
Gott sei Dank war durch den Verkauf, der Kreditablösung und der Teilung des Restgeldes mit dem Ehemann genug übrig geblieben, sodass sich Margret eine Eigentumswohnung mit Balkon in der Stadt kaufen und die nötige kleine Hypothek in monatlichen Raten bei der Bank abzahlen konnte.
Margret sortierte den Haushalt, warf vieles weg und packte alles, was sie behalten wollte, in Umzugs-Kartons.
Ihre vielen Bücher wollte sie nicht mit dem Ehemann teilen, er hätte sie nur weggeworfen, weil er kein Interesse am Lesen hatte. Genauso verhielt es sich mit einem Teil der Küchenutensilien, die sie schon als Lehrling für ihre Aussteuer gekauft hatte.
Mit unendlichem Bedauern räumte sie ihr schön eingerichtetes Atelier aus, denn ab jetzt würde ihre Nähmaschine wieder in der Küche stehen müssen.
Als Anprobe sollte ihr Schlafzimmer mit dem großen

Spiegel dienen, da viele ihrer Kunden versprochen hatten, weiterhin ihre Dienste in Anspruch zu nehmen.

Vater Karl war traurig, dass seine Arbeit beim Hausbau umsonst gewesen war, doch er meinte: „Lieber ein Ende mit Schrecken, als ein Schrecken ohne Ende!"

„Stimmt! Ich tröste mich immer damit, dass ich mir sage: Es geht mir so schlecht, es kann nur besser werden!", meinte Margret hoffnungsvoll.

Der Käufer des Hauses ließ die Schwiegereltern in der ersten Etage und die Mieter im Dachgeschoss weiter im Haus wohnen. In die untere Wohnung zog ein Freund des neuen Eigentümers mit seiner Familie ein.

Margrets neue Wohnung mit großem Balkon lag sehr günstig. Die Haltestelle des Linienbusses, der alle 15 Minuten bis zur Stadtmitte fuhr, war nur gut fünf Minuten entfernt. Der Weg für die beiden Kinder zur Schule dauerte auch nicht viel länger. Und so nach und nach fühlten sich Mutter und Töchter in der neuen Umgebung wohl.

Durch das Arbeitsamt hatte Margret eine gutbezahlte Stelle als Leiterin eines Änderungsateliers in einem großen Modekaufhaus in der Innenstadt bekommen. Hier hatte sie eine angemessene Arbeit, bei der sie selbständig über alles entscheiden konnte.

Zwei Halbtagskräfte waren ihr unterstellt, die sie je nach Arbeitsanfall beschäftigen konnte.

Die festangestellte, ältere Mitarbeiterin zeigte ihr

wie man Pelze mit der Hand nähte, beziehungsweise änderte, da diese in den achtziger Jahren noch modern waren. Sei es als Winterbekleidung für draußen, für den Besuch einer Theatervorstellung oder zu einem Geschäftsessen in einem guten Restaurant, der Nerz- oder Persianermantel gehörte einfach dazu. Betuchte Damen trugen sogar Mäntel aus edlen Zobelfellen.

Bei den Kleidern dominierten in diesem Jahr Unistoffe und kräftige Farben. Lila und Rot lagen im Trend. Röcke waren eng geschnitten, knielang und hatten Seitenschlitze.
Auch waren Schößchen- Jacken beliebt und natürlich dicke Schulterpolster. Wer sie nicht trug, der hatte entweder noch nie „Dallas" oder „Denver Clan" im Fernsehen gesehen oder er gehörte zur Sorte der Modeverweigerer.
Die wichtigsten Teile der Herrenmode, die sich im Modegeschäft befanden, schienen alle mit K zu beginnen: Kaschmir-Blazer, Kamelhaar-Mäntel, Klassik-Anzug und Krawatten.
Seidenstoffe verliehen den gestreiften Oberhemden ein elegantes Aussehen.
Die ältere Generation fühlte sich mehr zu Alcantara hingezogen, ein neues Material aus Mikrofaser in Wild-Lederoptik.
Was die erwachsenen Gemüter jedoch schockierte, war das Aussehen vieler Jugendlicher: zerfetzte Klamotten, die notdürftig mit übergroßen Sicher-

heitsnadeln gehalten wurden. Die Farben Schwarz und Grau waren der passende Ausdruck für „Null Bock".

Zur Punk-Kultur gehörte auch, dass die Haare lang oder dass man sie als Irokesen-Haarschnitt trug, der in den verschiedenen Grundfarben getönt war. Der Alltag mancher Teenager wurde auch von superkurzen Miniröcken bestimmt, zu denen sie meist offene, lange graue Mäntel trugen. Von hinten wirkte es seriös, von vorne aber zwischen Ablehnung und Bewunderung. Der Einzige, der den Zeigefinger erhob und dann nach Hause telefonieren wollte, war „E:T". Ein kleiner Außerirdischer im Kinokassenhit von Steven Spielberg, den man gesehen haben musste.

Im Geschäft ihres Arbeitgebers konnte Margret für die Töchter und für sich kostengünstig T-Shirts erwerben, die sich zu Röcken und Hosen durchgesetzt hatten.

Weil sie von acht bis fünfzehn Uhr arbeiten musste, gingen die Mädchen nach Schulschluss in den Kinderhort, wo sie ein Mittagessen bekamen und ihre Hausaufgaben erledigen konnten. Von der Arbeit kommend holte Magret die Mädchen ab, um gemeinsam mit ihnen nach Hause zu gehen.

Für ihre langjährigen Kundinnen entwarf und nähte sie nach Feierabend Kleider und Röcke. Diesen zusätzlichen Lohn sparte sie für den jährlichen Urlaub mit den Kindern auf einer der Nordseeinseln.

Nach der Schulzeit begann die Älteste eine Lehre als Bürokauffrau und arbeitete anschließend in einem großen Lebensmittelgeschäft. Die jüngste Tochter begann später eine Lehre bei einem Arzt.

Am Mittwoch, den 29. Juli 1981 fand in London, in der St. Pauls Kathedrale, die Hochzeit des britischen Thronfolgers Prinz Charles mit Lady Diana Spencer statt. Die Braut trug ein Seidenkleid mit einer acht Meter langen Schleppe und dazu einen langen Tüllschleier. Es war die Jahrhunderthochzeit. Eine Milliarde Menschen sahen sich die Trauung im Fernsehen an.

„Mama, wenn ich heirate, will ich auch so ein Kleid haben", meinte die älteste Tochter hellauf begeistert.

Ein paar Jahre später nähte Margret tatsächlich für sie ein Brautkleid, das immer noch wie Lady Dianas Kleid aussehen sollte.

Margret kaufte etliche Meter weißen, bestickten Baumwollstoff und Tüll für einen Unterrock, damit das fertige Kleid schön weit abstand.

Allerdings bekam es nur eine angeschnittene Schleppe von einem Meter, statt der acht Meter von Lady Diana Kleid. Eine längere Schleppe wäre beim späteren Brauttanz auch viel zu unpraktisch gewesen.

Auch wollte die Tochter keinen Schleier, sondern nur ein paar gedrehte Bänder und eine genähte Blume aus dem Kleiderstoff, die im langen blonden Haar mit einem Kamm befestigt werden sollte.

Für Margret eine kleine Herausforderung, die sie prima meisterte, denn bei der Hochzeitsfeier waren alle Gäste vom Brautkleid samt Haarschmuck begeistert.

Weil das Kleid so schön war, hat es sich ein paar Jahre später eine Freundin von Margret für ihre Hochzeit ausgeliehen.

Margret war eine gute und sehr begabte Schneiderin. Ihr Vater hatte immer gesagt: „Kind das hast du von deiner Oma Dora geerbt, die konnte auch super gut nähen, hatte immer passende Ideen für alle möglichen Kleider. Selbst aus alten Sachen hat sie immer etwas Neues, Modernes gezaubert!"

„Die fußlose Strumpfhose", sehr modern und später Leggins genannt, wurde zu einem Dauerbrenner.

Karottenhosen, Leggins, Steg- und Bundfaltenhosen, Jeans in „Stonewashed" Optik, so wie Schulterpolster und Poloshirts in Pastellfarben waren die Mode der 80er Jahre.

Aber man trug auch Gold, Pink und andere Farben.

Große farbige Ohrringe, Stulpen und bunte Schuhe gehörten auch zum modischen Erscheinungsbild.

Außerdem legte man mehr Wert auf Marken-Kleidung wie zum Beispiel: Levis, Diesel, Mustang, Esprit, Marc O'Polo oder Lacoste.

Bei den Schuhen waren Adidas und Nike, eine Art Turnschuhe, beliebt. Und die weißen Tennissocken durften auch nicht fehlen.

Manta-Fans trugen Jeanshosen, Jeansjacken und Cowboystiefel. Natürlich war der Fuchsschwanz am fahrbaren Untersatz für sie ein „Muss". Zusätzlich gab es die Popper, Yuppies und die Hip-Hopper Mode.

Manche Männer trugen neuerdings auch Röcke, was sich aber nicht durchsetzen konnte, da etliche von ihnen oft angefeindet wurden.

Der Einzige mit dem Margret immer noch auf Kriegsfuß stand, war ihr getrennt lebender Ehemann. Er hatte sich in die DDR abgesetzt und immer nur unregelmäßig oder gar nicht den Unterhalt für seine Töchter bezahlt. Dabei hatte Margret großzügiger Weise auf ihren eigenen Unterhalt verzichtet.

Durch den Besuch der Kinder bei den Schwiegereltern erfuhr Margret, dass ihr Mann leider die meiste Zeit arbeitslos und inzwischen auch wohl ein Quartalstrinker geworden war. Wo er sich nach dem letzten Telefonanruf aufhalten würde, hätte er ihnen nicht mitgeteilt.
Sollte sie es glauben? Bestimmt wollten sie ihn vor der Schwiegertochter schützen, schließlich hatten sie nur den einen Sohn.
Beim Auszug aus dem Haus waren sie der Ansicht, es hätte erst gar nicht so weit kommen müssen. Margret hätte ihren Sohn während der Ehezeit besser erziehen, ihm eine bessere Frau sein müssen,

dann hätte er sich auch keine jüngere Freundin gesucht.

Was hätte sie darauf antworten sollen? Sie konnte nur den Kopf schütteln, sich umdrehen und gehen. Weil ihr Mann angeblich unauffindbar war, war sie immer noch nicht geschieden. Aber wie sollte sie dem Gericht beweisen, dass sie nicht beweisen konnte, wo er sich aufhielt. Eine für sie unlösbare Aufgabe.

Nachdem Margret den dritten Anwalt und den zweiten Richter in Anspruch genommen hatte, weil niemand den Fall richtig bearbeiten wollte, wurde sie schließlich nach acht langen Jahren in Abwesenheit ihres Ehemannes geschieden.

Eigentlich hätte sie jetzt einen Kuraufenthalt benötigt, denn ihre Gesundheit hatte doch arg unter dem normalerweise unzumutbaren Zustand gelitten.

Den Töchtern erging es ähnlich, da sie weder zum Geburtstag noch zu Weihnachten etwas vom Vater gehört hatten.

Nach all der stressigen Zeit, wo manchmal das Geld sehr knapp war und sie nur das zum Lebensunterhalt kaufen konnte, was dringend benötig wurde, kam Margret allmählich gut alleine zurecht.

Manchmal jedoch fühlte sie sich einsam, denn ihre Töchter lebten ja nicht mehr bei ihr, hatten inzwischen geheiratet und ein eigenes Zuhause.

Durch eine Freundin, bei der sie zum Geburtstag eingeladen war, lernte sie einen netten Mann kennen. Sie trafen sich öfters, gingen zusammen Essen, ins Kino oder auch in eine der angesagten Kneipen in der

Altstadt wo man gemütlich ein Bier trinken, Musik hören und sich unterhalten konnte.

Margret gewöhnte sich schnell daran, wieder jemand an ihrer Seite zu haben.

Irgendwann beschlossen sie, heiraten und ziehen zusammen.

„Soll ich es wagen oder soll ich es nicht wagen", fragte sie ihre Freundin.

„Natürlich wagst du es oder willst du deinen Lebensabend später alleine verbringen. Ist doch viel zu langweilig. Ihr könnt zusammen verreisen und euch die Welt ansehen, das wolltest du doch schon immer!"

„Eigentlich hast du ja Recht, und bislang habe ich mich mit ihm immer gut verstanden."

„Na also. Mach es. Heirate…!"

„Und wo sollen wir wohnen?"

„Ihr könnt doch eure Eigentumswohnungen verkaufen und euch von dem Erlös was Neues suchen!"

Also wurden Pläne für ein gemeinsames Haus gemacht. Damit sie genug Kapital hatten, verkaufte jeder seine Eigentumswohnung.

Nachdem das neue Haus und ein kleiner Garten genau nach ihren Wünschen fertiggestellt waren, stand einer Heirat nichts mehr im Wege.

Margret hatte sich ein halblanges, cremefarbenes Chiffonkleid mit einem Spitzenoberteil genäht und mit ein paar Blüten im Haar sah sie auch ohne Schleier wie eine richtige Braut aus.

Der Bräutigam war jedenfalls begeistert von seiner Frau und spendierte ihr nach einer Feier mit Familie und Freunden eine Hochzeitsreise in den Süden.

Im Jahr 1995 fühlten sich junge Leute in ihren Klamotten, wie sie ihre Garderobe nannten, wohl. Die Taille der Miniröcke und der Hosen, die jetzt Hipster hießen, war bis auf die Hüften gerutscht. Durch den veränderten Sitz wurden die Hosenbeine gestaucht, hingen bis auf die Erde, sodass man sich wunderte, dass keiner auf den Stoff trat und der Länge nach hinfiel.

Die Oberteile der Mädchen waren alle Bauchfrei, was den Erziehungsberechtigten und älteren Menschen überhaupt nicht gefiel. Besonders, da viele der Mädchen neuerdings einen Ring durch den Bauchnabel trugen.

Tattoos wurden auf fast alle Körperteile aufgebracht, ebenso Piercings, was oft unpraktisch war oder unmöglich aussah wie zum Beispiel in der Zungenspitze.

Drei Jahre später fand die erste internationale Herren-Modenschau, die „London Men's Fashion Week" in England statt.

Das nächste Ereignis war die Geburt eines Enkelkindes von Margrets jüngster Tochter. Die Älteste hatte inzwischen drei Kinder.

Nun war sie zum vierten Mal Oma geworden und ihr Mann ein angeheirateter Opa, was er zu Anfang ein bisschen komisch fand, sich aber mit der Zeit daran gewöhnte.

179

Für ihre Enkelin hatte Margret ein wunderschönes Taufkleid mit einer rosa Schleife am Halsausschnitt und an den Ärmelbündchen genäht. Auch hatte sie viele Sachen gehäkelt und gestrickt, was bei der jungen Mutter super gut ankam.

Wenn es Margrets Zeit erlaubte, holte sie die Kleine übers Wochenende zu sich, spielte mit ihr oder fuhr sie im Kinderwagen spazieren.

Abends lästerte ihr Mann schon mal, weil er mit einer Oma und einem Enkelkind zusammen im Ehebett schlafen musste und morgens vom Gebrabbel der Kleinen geweckt wurde.

Die Zeit verging und ehe es beiden richtig bewusst wurde, waren sie im Rentenalter angekommen.

Der letzte Arbeitstag für Margret im Modehaus und für ihren Mann als Angestellter bei einer Behörde, fühlte sich für beide etwas komisch an. Waren sie jetzt alt?

Nein... Auf keinen Fall!

Endlich waren sie frei, konnten morgens länger schlafen und ihren Tag so einteilen wie sie es wollten.

Margret hatte fünfundzwanzig Jahre als Atelierleiterin im Modehaus gearbeitet und bekam als Abschiedsgeschenk vom Chef einen großen Blumenstrauß samt doppeltem Gehalt.

Ihre Kollegen und Kolleginnen hatten auch etwas Geld gesammelt und es ihr zusammen mit einem vorgetragenen Gedicht überreicht.

Gerührt bedankte sich Margret bei allen.

Für ihr weiteres Leben hatte sie nun viel Freizeit. Im Herbst oder im Frühjahr änderte sie für Freundinnen oder Nachbarfrauen die Garderobe, die diese sich neuerdings aus einem Online-Shop schicken ließen.

Allerdings mussten die Pakete oft wieder zurückgeschickt werden, da Kleid, Rock oder Hose eine andere Farbe hatte, somit nicht zur Zufriedenheit der Bestellerinnen ausgefallen waren.

Die neuen, modischen Trendfarben waren auf der Berliner Fashion-Week vorgestellt worden und in den Tageszeitungen wurde mit groß aufgemachten Fotos darüber berichtet.

Türkis erinnerte an die Karibik, Grünblau an einen tiefen Bergsee, Atlantikblau an den weiten Ozean und rosarot an einen Sonnenuntergang am Meer.

Junge Frauen trugen zu Hosen und Miniröcke Riemchen-Stilettos oder klobige Halbschuhe.

Junge Männer fielen durch Rastalocken, Ziegenbärte, coole Baseballcaps, die verkehrt herum getragen wurden und durch Piercings auf.

Es gab auch Klapphandys mit Strasssteinen, die oft beim Gehen bedient wurden ohne dabei auf die Umwelt zu achten, so dass manche gegen ihre Mitmenschen oder sonstige Gegenstände stießen, um dann erschrocken aufzublicken.

Für neue Modelabels stellten Schauspielerinnen und Sängerinnen wie Victoria Beckham, Madonna und Jennifer Lopez ihren Namen für viel Geld zur Verfügung.

Margret entwarf ihre Garderobe lieber selber. Im Frühsommer nähte sie nach ihren Entwürfen eine neue Bluse, einen modernen Rock und für heiße Tage zwei leichte Kleider, die es so nicht im Mode-Geschäft oder im Internet zu kaufen gab.
Stolz präsentierte sie die fertigen Sachen ihrem Mann, der sie für ihre Nähkunst bewunderte.

Als Näharbeiten, Haushalt und Garten sie nicht mehr genügend ausfüllten, bereiste sie zusammen mit ihrem Mann die Türkei, Ägypten, Marokko und die Kanarischen Inseln.
Mit einer Freundin unternahm sie Garten-Reisen nach England, Frankreich, Holland und Belgien. Sie sahen sich Schlossgärten, Parks und private Gärten an. Sogar den Öko-Garten von Prinz Charles hatten sie besichtigt.
Anschließend schrieb Margret am Computer jedes Mal eine Reisebeschreibung und mit den dazu gehörenden Fotos wurde alles zu einem Buch zusammenfügt. Dabei erinnerte sie sich, dass sie mit vierzehn Jahren einmal aus Trotz den Wunsch geäußert hatte:
„Statt Damenschneiderin könnte ich ja auch Schrift-stellerin werden."
Sie beschloss einen Lehrgang in Belletristik zu absolvieren, was relativ anstrengend war, ihr aber auch viel Spaß bereitete.
Nun stand das „Schreiben", als neues Hobby, für sie an erster Stelle, erst dann kamen Entwürfe zeichnen, Schneidern und Gartenarbeit an die Reihe.

Das Alter war kein Problem für Margret, sie sah

immer noch gut aus, war neugierig und gespannt auf das, was ihr das Leben noch alles zu bieten hatte.
Aber plötzlich änderte sich alles radikal. Im Jahr 2020 wurde die ganze Welt von der gefährlichen Corona-Pandemie, von Covid-19, eine Atemwegs-Erkrankung heimgesucht.
Die erste Welle dauerte von März bis zum Mai. Sie führte in vielen Ländern zu einer Überlastung der Krankenhäuser und zu einer hohen Sterblichkeitsrate.
Kaum war die Maskenpflicht ausgerufen, brachten auch schon bekannte Modehäuser Corona-Masken für jeden Geschmack auf den Markt.
Statt neue Garderobe nähte Margret jetzt passende Masken für die Familie, für Freunde und Kundinnen.

In Deutschland wurde in den Drogerien und Supermärkten Toilettenpapier knapp, weil die Menschen es in großen Mengen hamsterten.
In Italien waren es Nudeln und Wein und in Frankreich Käse, Rotwein und Präservative.

Die zweite Welle fand von September 2020 bis Anfang Februar 2021 statt. Bund und Länder verschärften die Maskenpflicht.
Pflicht waren jetzt FFP2-Masken, die richtig über Mund, Nase und Wangen platziert sein mussten.
Das Infektionsgeschehen wurde in Deutschland vom Robert Koch-Institut (RKI) überwacht.
Die Impfstoffe, die auf den Markt kamen waren BioN-Tech von Pfizer, Johnson & Johnson, Moderna und AstraZeneca von Oxford.

Die dritte Welle schloss sich kurz darauf ab März 2021 an. Zahlreiche Staaten beschlossen mehr oder weniger zum Schutz der Bevölkerung einschneidende Maßnahmen.

So gab es auch viele Reisebeschränkungen, unterschiedliche Beherbergungsverbote, Kontaktbeschränkungen, Ausgangssperren und einige Schulschließungen.

Viele Menschen waren gegen eine Impfung, weigerten sich und gingen dafür laut demonstrierend auf die Straße.

Ihre Argumente waren oft an den Haaren herbei gezogen wie man so schön sagt.

So waren sie waren der Meinung, dass alles nur eine staatliche Lüge sei oder dass das Serum sie zu Mutanten machen würde, falls sie sich impfen ließen.

Eine Frau glaubte sogar, dass die Krankheit von Außerirdischen gekommen sei, die unerkannt auf der Erde lebten.

Margret und ihr Mann hatten sich, wie ihre Nachbarn und viele andere Menschen, auch impfen lassen und hofften, dass mit den unterschiedlichen Beschränkungen für die Bevölkerung bald Schluss sein würde.

Weil kein Schulunterricht stattfand, hatte Margrets jüngste Enkeltochter zu Hause Langeweile. Also las Oma dem Kind Geschichten vor oder sie entwarfen, zeichneten gemeinsam auf weißen Druckerpapier bunte Sommerkleider, von denen das Mädchen sehr angetan war. Als sie fragte:

„Oma, kannst du mir helfen für Teddy eine Weste und für meine Puppe ein Kleid zu nähen?"

„Natürlich mein Schatz, dass mache ich doch gerne!", war Omas Antwort.

Für ihre Hilfe bekam sie später einen dicken Kuss, weil Weste und Kleid genau passten und angezogen gut aussahen.

Insgeheim hoffte Margret, dass ihre Enkeltochter später auch den Beruf der Damenschneiderin ergreifen würde, damit es diesen schönen und fantasievollen Beruf auch noch in der nächsten Generation gibt.

Vielleicht würde das Mädchen ja auch eine gute Mode-Designerin werden, denn auf diese Weise würde Margrets Jugendtraum durch ihre Enkelin in Erfüllung gehen.

*

Mode im Laufe der Jahrhunderte

1880 bis 1900

1910 Friedrich und Viktoria (Dora), jeweils gekleidet in ihrem Gesellenstück

Verlobung Ostern 1915   Mode 1920

Matrosen-Look 1925-1930   Silberhochzeit: Heilig Abend 1940

Baby Karl
um 1919

1925 Schulanfang
für Karl

1937 Gesellenstück
ein Anzug

1941 Karl mit Holz-Arm

Karl und Lisa
Garderobe genäht von Karl

Margret Foto 1948   1. Schulfoto mit Lehrerin 1952

1951 Onkels Hochzeit   1961 Schneider-Lehre

1967 Enkelin, selbst entworfene Brautkleider, 1915 Großmutter

Zeichnungen aus dem Berufsschulheft

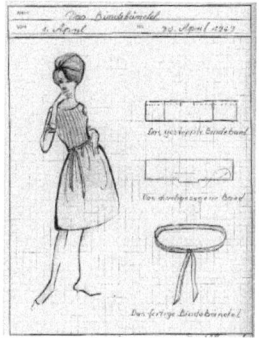 

1964 Gesellenprüfung: Taschen und Blenden

Hemdblusenkleid, genähter Gürtel
und bezogene Knöpfe

Wintermode 1982
echte Pelzjacken

Modezeichnungen von Margret

In Anlehnung an den Maler Kaminsky

alte „Tret-Singernähmaschine" von Karl

neue Tisch-Nähmaschine „Riccar" von Margret

Quellennachweis

Ein Preuße in Bayern: Familienchronik
alte Zeitschriften
eigene Fotos
Recherche im Internet
Chronik der Mode: Was war wann?

Anne Koch-Gosejacob, wohnhaft in Osnabrück, Belletristik-
Studium an der Axel Anderson Akademie: Lyrik und Prosa,
Veröffentlichungen in Anthologien und Zeitungen. 20 Jahren
Mitglied der Schreibwerkstatt VHS Osnabrück, öffentliche
Lesungen aus eigenen Büchern.

Bisher erschienen von der Autorin:
„Der Fluch der Tochter des Schmieds" Historischer Hexen-
Roman, Osnabrück von 1620-1994
ISBN 978-3-86685-113-9

„Wenn die Dämmerung den Tag umfängt" Erzählung über
Demenz, mit einem Vorwort der Deutschen Parkinson-
Vereinigung
ISBN 978-3-86685-244-0

„Manchmal ist das Schicksal schneller" Mörderische
Geschichten in und um Osnabrück
ISBN 978-3-86685-364-5

„Immer das siebte Jahr" spannender Psycho-Kriminalroman
ISBN 978-3-86685-476-5

„Liebe, Mord und andere Fälle" Gedichte und spannende
Geschichten zu allen Jahreszeiten
ISBN 978-3-86685-586-1

„Miranda" Die Legende einer Wiedergeburt, Historischer
Roman, Fuerteventura von 1400-2003
ISBN 978-3-86685-678-3

„Karo auf der Suche nach dem Glück"
Roman, deutsch-indische Geschichte
ISBN978-3-75436-058-3